吉原同心　富永甚四郎

永井義男

角川文庫
24375

目次

吉　原　廓　内

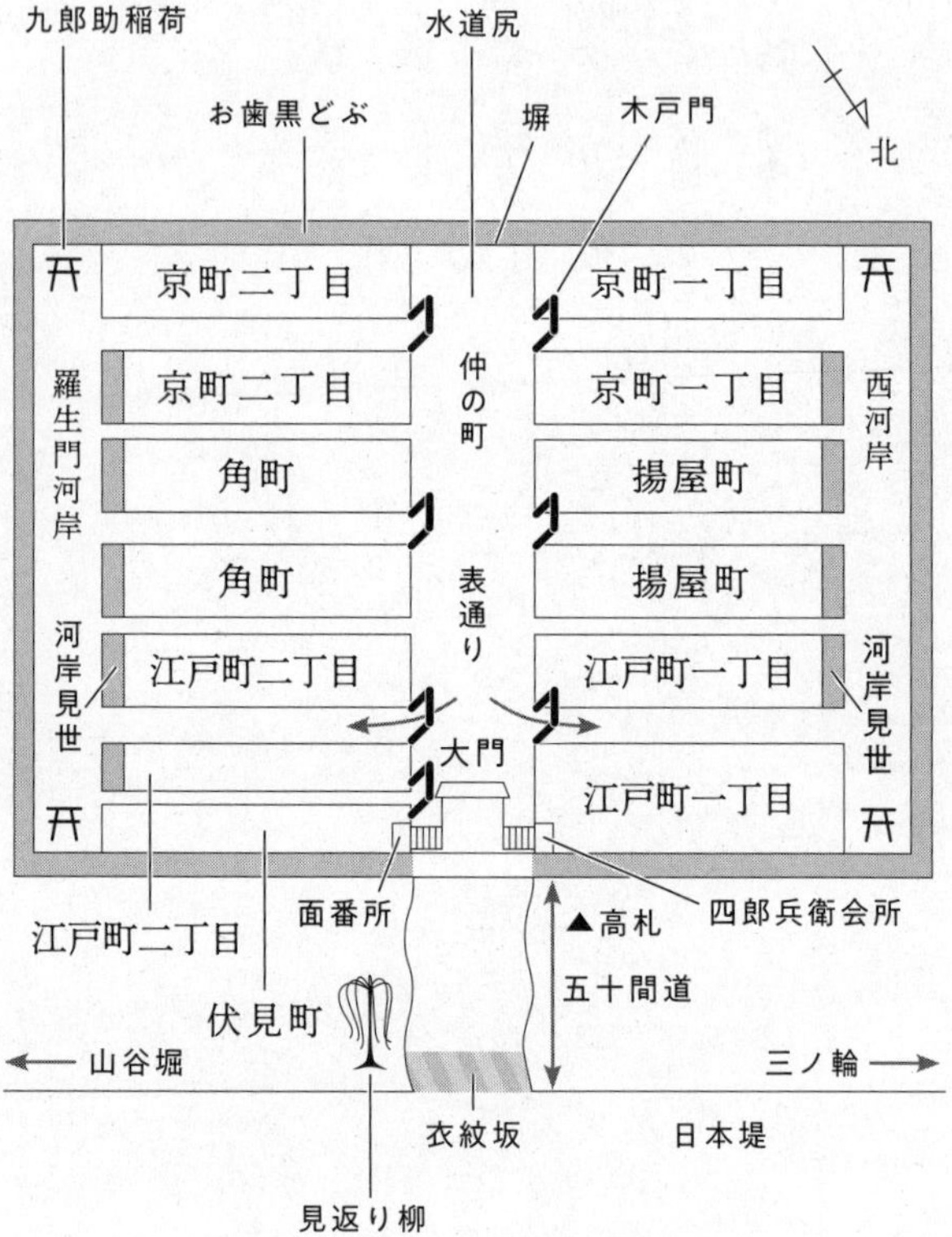

吉原図　『図説 吉原事典』（永井義男著 平成27年）

第一章　面番所

（一）

呉服橋門内《ごふくばしもん》にある北町奉行所《きたまちぶぎょうしょ》には、五ツ（午前八時頃）までに着かねばならなかった。帰りは、七ツ（午後四時頃）には八丁堀《はっちょうぼり》の屋敷に戻ってくる。

しかし、それはあくまで昨日までの勤務形態である。

今朝、屋敷を出る時刻は、これまでよりややおそい。だが、帰りは一昼夜を過ぎてからになろう。

富永甚四郎《とみながじんしろう》は両親の部屋に出向き、畳に両手をついて、

「行ってまいります」

と挨拶《あいさつ》した。

父の左京《さきょう》は重々しい声で言った。

「うむ、しっかり勤めよ」

「ご苦労です」

母のお柳《りゅう》の声は弱々しい。

息子の挨拶を受けるため、かなり無理をして病の床から起きてきたのかもしれない。甚四郎は胸の奥が痛んだ。

玄関では、見送りに来た妻のお八重《やえ》が板敷きに両手をついた。

「いってらっしゃいませ」

「うむ、いってまいる」

甚四郎は妻に応《こた》えながら、

（行く先は吉原《よしわら》だがな）

と、心の中でつぶやく。

べつに自嘲《じちょう》ではない。とはいえ、張り切っているわけでもなかった。武士の家に生まれた者として、宿命と受け止めていた。

富永家の屋敷は敷地がおよそ百坪あるが、門は木戸片開きの小さな門である。甚四郎は供の文蔵《ぶんぞう》を従え、門から八丁堀の通りに出た。

八丁堀には、町奉行所の与力《よりき》と同心《どうしん》の屋敷が蝟集《いしゅう》している。

屋敷と屋敷のあいだの通りを抜け、八丁堀に隣接する亀島町《かめじまちょう》の河岸場に向かって歩く。

甚四郎は髪を小銀杏《こいちょう》に結い、縞《しま》の着物に、三ツ紋付きの黒羽織を着ていた。袴《はかま》はかず、帯を下のほうに締め、両刀を差している。懐中には懐紙、財布、十手《じって》が入っているので、ふところがややふくらんでいた。足元は黒足袋に雪駄である。

富永家の中間《ちゅうげん》の文蔵は紺染めの半纏《はんてん》姿で、股引《ももひき》をはき、草履《ぞうり》履きだった。御用箱と呼ばれる小さな葛籠《つづら》を背負っていたが、中身は甚四郎の着替えである。また、真鍮《しんちゅう》金具の木刀を腰ではなく、背中に斜めに差していた。

甚四郎は亀島町の河岸場に着いたとき、まだ原田《はらだ》修理《しゅり》の姿がないのを見て、ややほっとした。

(初日からおくれるのは、よろしくあるまいからな)

しばらくして原田と、供の新助《しんすけ》が現れた。

原田は、二十一歳の甚四郎より十歳ほど上であろうか。やや小太りで、丸顔だった。甚四郎とほぼ同じいでたちをしている。

新助のかっこうも、文蔵と似たり寄ったりだった。

「貴殿は今日が初日だったのう」

原田がそばに来た。

甚四郎はうやうやしく一礼する。

「はい、さようでございます。よろしくお引き回しのほどを願います」

原田は満足そうに、

「うむ。では、まいろうか」

と、先に立って桟橋に向かう。

桟橋には屋根舟が係留されていた。

屋根舟の中央部には畳四枚分くらいの座敷がもうけてある。原田と甚四郎が向かい合って座り、新助と文蔵はやや間をあけ、肩を寄せ合うように座った。

「出しやすよ〜」

船頭が棹《さお》を操り、屋根舟は掘割《ほりわり》を進み始める。

原田が腰に下げた煙草入れを手にした。

屋根舟の座敷には煙草盆が置かれているが、火入れに炭はない。その代わり、火《ひ》縄箱《なわばこ》が置かれていた。火縄箱の中には着火した火縄がおさめられている。

原田は火縄箱の火で煙管《きせる》の煙草に火をつけた。

舟が大きく揺れた。隅田川《すみだがわ》に入ったのだ。甚四郎は屋根舟に乗るのは初めてだったけに、やや動転したが、平静をよそおう。

船頭が棹から櫓《ろ》に切り替え、舟は隅田川をさかのぼり始めた。

原田が煙を吐き出したあと、やおら言った。

「吉原で遊んだことはあるのか」

「友人と出かけたことはありますが、見物をしただけでした」

甚四郎は友人数人と共に、吉原見物をしたことがあった。しかし、みな金がなかったので、とても妓楼《ぎろう》に上がることなどできない。張見世《はりみせ》を冷やかして歩いたあと、帰りに一膳飯屋《いちぜんめしや》で酒を呑《の》んで、おだをあげただけである。だが、それが無性に楽しかったのも事実だった。

「ほう、そうか。しかし、まさか女郎買《じょろうか》いをしたことがない、ことはなかろうよ」

「はい、深川《ふかがわ》あたりで何度か」

甚四郎は深川の岡場所で何度か遊んだことがあった。深川をえらんだのは、吉原よりは安くついたのはもちろんだが、なにより八丁堀から近かったからだ。

原田が薄く笑った。

「ほう、筆おろしは深川、吉原は経験なしか。まあ、それもよかろう。ところで、貴殿は町奉行所の役人になるつもりはなかったようじゃな」

舟が隅田川に入るのを待ちかねていたかのように、水を向けてきた。

甚四郎はいろいろと質問攻めにあうのは覚悟していた。山谷堀《さんやぼり》に着くまで、舟の中で顔を突き合わせていなければならないのだ。初回は当然、自分の経歴が話題になるであろうと予期していた。

原田はすでにおおかたは知っているはずだと思ったが、甚四郎は問いに応じて、語り始めた。

「はい、私は次男坊だったものですから――」

＊

甚四郎は、北町奉行所の同心・富永左京の次男として生まれた。町奉行所の同心は事実上の世襲である。甚四郎には二歳年長の兄・栄太郎《えいたろう》がいた。

富永家の家督は当然、長男の栄太郎が継ぐ。そのため甚四郎は、蘭学者・蘭方医の大槻玄沢《おおつきげんたく》が主宰する芝蘭堂《しらんどう》に入門した。

父の左京は長男を町奉行所の同心、次男を蘭方医にしようと考えたのだ。

最初は父に命じられたのがきっかけだったが、甚四郎は芝蘭堂で蘭学に出会い、性に合っていると感じた。蘭学の根底にある合理的な思考法に共感したといおうか。

ひそかに、「これこそ、俺の天命であり、天職だ」と奮い立ったほどである。

甚四郎は蘭方医になるための学問に懸命にはげんだ。その上達は目覚ましく、師の玄沢も期待を寄せていたほどである。

ところが文化《ぶんか》十一年（一八一四）春、家督を継ぐはずの栄太郎が流行《はや》り病で急死した。病の床に就いたかと思うや、十日も経たぬうちに死んだのである。しかも、すでに結納をすませ、婚礼をひかえた矢先の死だった。

その後、甚四郎には突然、嵐の海に放り込まれ、大波に翻弄《ほんろう》されるかのような日々となった。

富永家を存続させるため、甚四郎が家督を継ぎ、隠居した父に代わって北町奉行所の同心となったのである。当然、芝蘭堂は辞めざるを得なかった。まさに開業の準備を始めたところだったが、断念するしかない。蘭方医になるという将来は閉ざされた。

また、栄太郎の妻となるはずだったお八重を娶《めと》ることになった。兄の許嫁《いいなずけ》だっただけに顔は知っていたが、甚四郎はそれまで話をしたこともない相手だった。

お八重はやはり八丁堀に住む、南町《みなみまち》奉行所の同心の娘だった。武家の慣習で、父親同士が結婚を決めたのである。

栄太郎もお八重も、父親の言いつけに従った。そして、栄太郎の亡きあと、甚四郎とお八重はそれぞれ父親の言いつけに従ったのである。

かくして、まったく自覚も、準備も心構えもないまま、甚四郎はあれよ、あれよという間に町奉行所の同心となり、妻を迎えた。

北町奉行所の番方若同心《ばんかたわかどうしん》となった甚四郎は、見習いとして種々の雑用に従事した。

そして三ヵ月後、上司である与力から、

「吉原掛《よしわらかかり》を命じる」

と、言い渡された。

甚四郎は吉原掛が何なのかよくわからないまま、

「ははっ、承知いたしました」

と、平伏するほかなかった。

あとで、わかった。

遊廓《ゆうかく》の吉原は町奉行所の支配下にあるため、面番所《めんばんしょ》と呼ばれる役人の詰所がもうけられていた。甚四郎は、その面番所に詰めるよう命じられたのである。

そして、今日がその面番所詰めの初日というわけだった。

（まるで、右往左往し、目のまわるような一年間だったたな）

兄・栄太郎の急死、芝蘭堂の退塾、蘭方医を断念、家督相続、お八重との婚礼、夫婦生活の開始、番方若同心の見習いの日々……。

過去一年間の目まぐるしい変転を振り返りながら、甚四郎は自分でも信じがたい気がした。

（二）

「そろそろ堀だぞ」

原田修理が川岸を見て言った。

富永甚四郎の話は一段落したところである。

吉原の関係者や、通人の客は山谷堀のことを気取って「堀」と言う。原田にも、自分は吉原の関係者という気分があるのだろうか。

本来、山谷堀は隅田川にそそぐ川の名称である。ところが、隅田川に流入する河口一帯をさす地名にもなっていた。というのも、一帯には船宿《ふなやど》が軒を連ねていたのだ。

かくして堀、つまり山谷堀は、船宿が櫛比《しっぴ》し、屋根舟や猪牙舟《ちょきぶね》の出入りする場所の名称といってよかった。

「着きやしたぜ」

船頭が屋根舟を杭《くい》に舫《もや》う。

四人は舟からおり、桟橋から道に上がった。

道端には駕籠《かご》が並んでいた。

江戸市中の船宿で屋根舟か猪牙舟を雇い、隅田川をさかのぼって山谷堀で下船する。あとは、駕籠か徒歩で吉原をめざすのが、もっとも有名で贅沢《ぜいたく》な「吉原通い」の方法である。

客待ちをしている駕籠かきの人足たちは、山谷堀で舟をおりたらしい男を見ると、

「旦那《だんな》、駕籠は、いかがですかい」

「旦那、乗んなせえ」

と、しきりに声をかけている。

だが、原田と甚四郎には誰も声をかけない。ふたりのいでたちから、町奉行所の役人とわかるのであろう。

「歩きますぞ」

原田が先に立って歩き出した。

しばらく行くと上り坂になり、やがて、一本道となった。吉原に通じる唯一の道、日本堤《にほんづつみ》である。

もともとは、隅田川の氾濫《はんらん》を防ぐために築かれた土手だった。その土手を、吉原に通ずる日本堤に転用したのである。

そのため、日本堤は周囲より高く、見晴らしがよい。周囲は吉原田圃《よしわらたんぼ》と呼ばれる農地で、田植えが終わった水田の緑が瑞々《みずみず》しかった。空では雲雀《ひばり》がさえずっていた。

見上げると、空の一点に雲雀が静止している。突然、石が落ちるかのように土手の草むらに下りた。

（ほう、初めて雲雀を見たな）

八丁堀育ちの甚四郎は、田園風景に心がのびやかになる気がした。

この田園風景の先に吉原があるのが、ちょっと不思議な気がする。

吉原に向かう甚四郎たちとすれ違うように、男が歩いてくるし、駕籠もやってくる。徒歩の男も駕籠に乗った男も、吉原から帰るところであろう。

吉原に泊まった大半の男は夜明け前後に妓楼《ぎろう》を出る、いわゆる朝帰りである。いまごろ帰途に就く男は、昼帰りになろうか。

かたや、甚四郎たちを急ぎ足で次々と追い越していく男がいたが、ほとんどが天《てん》秤棒《びんぼう》で荷をかついだ行商人である。吉原の中を売り歩くのであろう。

甚四郎は天秤棒でかつがれた荷を見ながら、
魚、豆腐、野菜、貝、煮豆、卵……。

と、内心でつぶやいていた。

「おい、気をつけろよ。跳《は》ねを浴びせられたら一大事だぞ」

原田が振り返って、意味ありげに笑った。

途端に、甚四郎は異臭を感じた。まぎれもない糞尿《ふんにょう》の臭いである。

すれ違ったのは、天秤棒の前後に肥桶《こえおけ》をさげた男だった。早朝から妓楼の便所で汲《く》み取りをし、帰っていくところである。甚四郎がちらと見ると、肥桶の中で茶色い糞尿がタプタプと揺れていた。

「出物《でもの》腫物所嫌《はれものところきら》わず。花の吉原でも大小便は出るからな」

「たしかに、そうですね」

甚四郎は考えてみたら当然のことだと思った。肥汲みは、吉原を陰でささえる業種といえようか。

さきほどから左手の前方に、二階建ての建物の黒瓦《がわら》が見えていた。しかも、瓦がまるで繰り返す黒い波のように連なっている。まわりが吉原田圃なだけに、建物が密集した区画はまさに別世界だった。周囲は黒板塀と、お歯黒溝《はぐろどぶ》と呼ぶ堀で囲まれている。

日本堤から左手に下っていく道があった。衣紋坂《えもんざか》と五十間道《ごじっけんみち》である。

衣紋坂や五十間道の両側には茶屋、料理屋、各種商家が軒を連ねていた。また、道端には客待ちの駕籠が並んでいる。

五十間道の先に、吉原の唯一の出入口である大門《おおもん》があった。

大門を前にして、原田が言った。

「ここまでの日本堤の道のりを、俗に土手八丁《どてはっちょう》という」

続けて、小声で端唄《はうた》の一節を口ずさむ。

〽舟はゆらゆら、さお次第、舟から上がって土手八丁、吉原へご案内～

端唄の稽古《けいこ》をしているのか、なかなかの節回しである。自分でも自信があるに違いない。

「さあ、吉原へご案内～」

原田がニヤリと笑った。

＊

大門は黒塗り板葺《いたぶ》きの屋根付き冠木門《かぶきもん》で、妓楼の建物の豪壮さにくらべると簡素だった。

入ってすぐ右手に、四郎兵衛会所《しろべえかいしょ》、あるいは吉原会所と呼ばれる板屋根の小屋があった。番人が常駐して、女が大門を出るのを監視している。遊女が変装して逃亡するのを防ぐためだった。四郎兵衛会所は吉原が運営しており、町奉行所の機関ではない。

大門を入ってすぐ左手に、四郎兵衛会所と向き合うように、瓦屋根の小屋があった。甚四郎が詰める面番所である。

（ほう、ここだったのか）

以前、友人たちと吉原見物にきたとき、甚四郎は気もそぞろだったこともあり、面番所には目もくれなかった。面番所と聞いても、ピンとこなかったはずである。

そのとき、朝四ツ（午前十時頃）を告げる鐘の音が響いてきた。

「ぎりぎり間に合いましたな」

そう言いつつ、原田が面番所に入る。

同心の伊藤源八《いとうげんぱち》と竹内久造《たけうちきゅうぞう》はすでに帰り支度をととのえていた。ふたりは、昨日の朝四ツから一昼夜、面番所に詰めていたのだ。

甚四郎が伊藤と竹内に挨拶《あいさつ》をする。

ふたりは軽くうなずき、

「まあ、そのうち慣れますぞ」

「それなりに、学ぶことのあるところですぞ」

などと、あたりさわりのないことを言いながら、とにかく早く帰りたそうだった。

新入《しんい》りにはほとんど興味がないようである。

「とくに変わったことはありませぬ」

「さようですか、ご苦労でした」

かくして、伊藤・竹内と原田の引継ぎは簡単に終わった。

伊藤と竹内はそれぞれ中間《ちゅうげん》を供にして、そそくさと大門から出て行く。

面番所はふた部屋あり、大門の人の出入りが見渡せるところが同心の定位置だった。もうひとつの部屋に供の中間が待機する。

「さあ、ここがわれらの仕事場じゃ」

原田が格子窓の前にどっかと座った。

その横に、甚四郎が遠慮がちに座る。

「私は何をすればよろしいのでしょうか」

「じっと見ていればよい」

「え……」

「大門から出て行く男、入ってくる男を見ていればよいのじゃ」

「見ているだけですか」

「出入りする男の中に、手配の者がいるかもしれぬ。そういう連中は吉原で遊ぶことが多いからな。もし見つけたら、召し捕る」

「はあ、なるほど……」

甚四郎は釈然としない気分だった。

手配の男と言っても、そもそも顔を知らないのだ。見ているだけでわかるはずはなかった。

原田がニヤリと笑う。

「われらが見張っているとわかれば、連中も自重するであろうよ」

要するに、威嚇効果ということだった。

それであれば、甚四郎も理解できた。格子をはめた窓のそばに座り、大門を出入りする人々に視線を向ける。だが、しばらくながめていたが、面番所を気にしている人間がいるようには思えなかった。

煙管《きせる》の雁首《がんくび》で煙草盆の灰落としをコンと叩《たた》いたあと、原田がやおら口を開いた。

「面番所の交代がなぜ朝四ツなのか、わかるか」

「いえ、わかりませぬ。何か、理由があるのですか」

「うむ、吉原に泊まった客の男はたいてい、夜明け前後に妓楼《ぎろう》を出る。いっしょに寝ていた遊女は客を一階の出口まで送っていき、その後、寝床に戻って、ひとりでゆっくり二度寝をする。そして、四ツに起き出して、朝風呂《あさぶろ》に入り、朝飯じゃ。つまり、妓楼の本格的な朝は四ツから始まる。

もちろん、若い者や下男・下女などの奉公人はもっと早くから起きて働いているがな。さきほど見かけた肥汲みなども、遊女が二度寝をしているあいだに雪隠《せっちん》の汲み取りをすませていたわけだ。

われら役人は、遊女さまの起床に合わせているといえような」

「なるほど、そうだったのですか」

甚四郎は、吉原は遊女が最優先で動いているのだと思った。つまり、遊女が主役なのだ。

「旦那《だんな》、おそくなりやした」

三十代の、目つきの鋭い男が顔を出した。縞《しま》の着物を尻《しり》っ端折《ぱしょ》りし、紺色の股引《ももひき》をはいている。

原田が振り返った。

「おう、伝吉《でんきち》か。女房が離してくれなかったのか」

「いいえ、そんなんじゃありやせんよ。ちょいと用事があって、角町《すみちょう》に寄ったところ、通りで男ふたりが取っ組み合い、殴り合いの大喧嘩《おおげんか》をしていましてね。

妓楼の若い者に、

『親分、どうにかしてくだせえ』

と頼まれたのですが、わっしは黙って、そばで見物していましたよ。

そのうち、ひとりが、もういっぽうをぶちのめし、負けた男は動かなくなってしまいましてね。

それを見て、わっしはやおら近寄り、勝った男を思い切り十手でぶちのめしてやりました。けっきょく、気を失った男がふたり、道に転がっている始末ですよ。

そこで、まわりにいた連中に、ふたりを自身番に運びこませましてね。それから、わっしはこちらに来たものですから」

伝吉がこともなげに言う。

原田はいきさつを聞いて、声をあげて笑った。

「そうか、気を失った男がふたりできたわけか。ふたりが息を吹き返したら、脅しつけておいて、さっさと自身番から放り出すがよいぞ。厄介ごとは抱え込むな」

その後、口調を改めた。

「そうそう、こちらが先日、拙者が話をした富永甚四郎どのじゃ。今日が初日というわけだ。

こちらは、岡っ引の伝吉だ。われらと一緒に面番所に詰める。同心ふたり、岡っ引ひとりがきまりでしてな」

甚四郎と伝吉は初対面の挨拶を交わす。

横から原田が口をはさんだ。

「伝吉はつい最近、若い後妻をもらってな。それ以来、面番所に来るのがおそくなりがちだ」

「旦那、そんなことはありやせんぜ」

伝吉は照れ笑いしている。

原田はふと思いついたようだ。

「そうだ、伝吉、てめえ、富永どのに吉原を案内してやれ。これからぶらぶら歩けば、昼飯までには戻ってこれよう」

「へい、そうですな。

富永さま、いかがですか。わっしが、ご案内しますぜ」

「そうですな。お願いしようか」

甚四郎もその気になった。

岡っ引に案内してもらえば、たんなる吉原見物ではわからない面も見えてくるはずだった。

（三）

面番所を出ると、大門からまっすぐにのびる仲《なか》の町《ちょう》に立った。

「大門から、突き当りの水道尻《すいどじり》まで、吉原の真ん中をまっすぐにつらぬく大通りでしてね。仲の町といいやす」

岡っ引の伝吉が言った。

富永甚四郎は自分の初歩的な質問がやや恥ずかしかったが、この際、思い切って口にする。

「通りなのに、仲の町というのか」

「へい、『町』がついていやすが、仲の町は大通りの名称です」

「ふむ、それで腑《ふ》に落ちた。なんとなく意味がわからなかったのだ」

仲の町を歩きながら、伝吉が説明していく。

さきほど、甚四郎が大門をくぐったときにくらべて、仲の町の人出ははるかにふえている。まさに、吉原の本格的な朝が始まっていた。

行商人や妓楼の奉公人が行き交っているのはもちろん、遊女らしき女が数人連れで歩いていたが、なんとも地味ないでたちである。

甚四郎は不思議に感じた。

「あれは、遊女か」

「ああ、あれですかい。妓楼には内湯があるのですが、狭いのを嫌って、ああやって連れ立って湯屋に行く女もいるのですよ」

「ほう、吉原には湯屋もあるのか」

「吉原の敷地は二万七百坪くらいありやすが、大きく江戸町《えどちよう》一丁目、江戸町二丁目、揚屋町《あげやまち》、角町、京町《きょうまち》一丁目、京町二丁目、伏見町《ふしみちょう》に分けられていて、それぞれ町名主がいやすし、自身番もありやす。

さきほど、わっしがふたりを預けてきたのは、角町の自身番ですな」

「ふうむ、ところで、妓楼は何軒くらい、あるのか」

「妓楼にはいろいろと格があるのですが、全部合わせて二百軒以上でしょうな。俗に『遊女三千』と言いますが、二百軒以上の妓楼に、合わせて三千人前後の遊女がいるわけです」

「この区画に三千人とは驚きだな」

「富永さま、驚くのはまだ早いですぜ。

妓楼には、若い者や下男、女中、下女など多くの奉公人が住みこんでいます。そのほか、吉原には料理屋や各種の商家があり、芸者や幇間《ほうかん》などの芸人が住み、いろんな職人なども住んでいますからね。合わせて一万人近くが住んでいるでしょうな」

「なんと、二万坪以上の敷地とはいえ、一万人近くが住んでいるのか」

甚四郎は唖然《あぜん》とした。

伝吉が説明を続ける。

「これからご案内しやすが、揚屋町には妓楼はなく、表通りには商家が軒を連ね、表通りから奥に入ると裏長屋もありやしてね。揚屋町は江戸の町家とちっとも変わりませんぜ。

裏長屋には商人や職人、芸人、医者、易者などが住んでいるのですが、もちろんみな妓楼がらみの仕事で食っているわけでしてね。遊女が利用する湯屋も揚屋町にあるのですよ」

「ほう、そうだったか」

甚四郎は圧倒される気分だった。

いまさらながら、自分の無知を思い知ったといおうか。

「これが角町の入口で、入ると角町の表通りです」

伝吉が木戸門を示した。

木戸門を入ると、通りの両側には妓楼が建ち並んでいる。

だが、通りに面した張見世の中は無人だった。

甚四郎がかつて友人と吉原見物したとき、張見世をのぞくのが最大の楽しみだった。格子でへだてられた座敷に、遊女がずらりと居並んでいた。男は格子越しに遊女をながめ、相手を決めるのだ。もちろん、甚四郎たちはながめて、勝手気ままな品評をするだけだったが。

「遊女はいないな」

甚四郎が意外そうに言った。

伝吉は笑いをこらえている。

「吉原の妓楼は一日二回の営業で、
昼見世《ひるみせ》 九ッ（正午頃）〜夕七ッ（午後四時頃）

夜見世《よみせ》 暮六ッ（午後六時頃）〜

に分かれていやす。

今は、昼見世の始まる前ですから、遊女は二階で髪を結っているか、手紙でも書いているか、本でも読んでいるか。営業前の、つかの間の自由な時間ですよ。

商人が妓楼に来るのも昼見世が始まる前でしてね。小間物屋は遊女に櫛《くし》や笄《こうがい》を売り込み、呉服屋は反物《たんもの》を売り込み、貸本屋は新作の戯作《げさく》を勧めているでしょうな。

そうだ、自身番に寄っていきやしょう」

伝吉が甚四郎を自身番に案内する。

江戸の各町内にもうけられた自身番はいかめしい造りだが、吉原では極力、目立たないようにしているようだ。角町の自身番は妓楼と妓楼のあいだに、隠れるように建っていた。

伝吉がずかずかと足を踏み入れる。

「おう、さきほどのふたりはいるか」

「へい、親分、このふたり、どうしやしょうか」

当番の男が言った。

六尺棒を手にしていたが、妓楼の若い者のようだ。

そばに、若い男ふたりがうなだれている。それぞれ顔面に青黒く腫《は》れた打撲傷があり、頭部には大きな瘤《こぶ》ができていた。着物はあちこち破れ、泥だらけだった。

伝吉がふたりをねめつける。

「おい、てめえら、こちらのお武家はお奉行所のお役人だ」

「へ、へい、恐れ入ります」

その場に平伏した。

ふたりの顔から血の気が引いている。

威嚇の効果を楽しんだあと、伝吉が言った。

「本来だったら召し捕るところだが、お役人のお慈悲で、このまま帰してやる。ありがたく思え。二度と、面倒をおこすな」

「へい、ありがとうございます」

ふたりが甚四郎と伝吉に平身低頭し、すごすごと自身番を出て行く。その足取りはややおぼつかなかった。

その後、吉原の各所を見て回ったあと、甚四郎と伝吉は面番所に戻った。

＊

原田が甚四郎を見るなり、

「昼飯が届いておる。窓際に誰もいないわけにはいかぬので、交代で食おう。拙者が飯を食っているあいだ、見張りを頼むぞ」

と言うや、控えの部屋にさっさと引っ込む。

甚四郎は伝吉とともに窓の前に座りながら、原田を見直した気分だった。

職務にはまったく熱意がないように見えるが、大門の人の出入りを常に誰かが見張っているという最低限の決まりは守ろうとしているようだ。

言い換えれば、原田は外から人が見た場合、面番所の窓に誰もいないという事態だけは避けたいのかもしれない。

それにしても、昼飯が届いたというのはよく理解できない。

そんな甚四郎の表情を見て、伝吉が説明する。

「当番の妓楼が面番所に、朝昼晩の三食を届けてくれるのですよ」

「ほう、そうだったのか」

甚四郎は番方若同心の見習いとして北町奉行所に通っているとき、中間の文蔵に弁当を運ばせていた。面番所詰めを命じられたとき、弁当を持参する必要はないと言われ、やや不審だったのだが、ようやく理解できた。

たしかに、三食を用意してもらえるのは助かる。

（しかし、妓楼の世話になっていることになるな。いや、もっと露骨に言えば、役人が妓楼にたかっていることになろうか）

甚四郎はやや重苦しい気分になったが、もちろん、口にはしない。

そのうち、原田が食べ終わり、甚四郎の番となった。

膳《ぜん》には飯と味噌汁《みそしる》、鰯《いわし》の塩焼きと沢庵《たくあん》がのっていた。魚がついているだけでも、富永家の屋敷で日ごろ供される昼食よりは上等である。

供の文蔵にも同じように食事が供されているのを見て、甚四郎は安心した。文蔵も内心で、「八丁堀のお屋敷より、いいものが食える」と喜んでいるに違いない。

昼食を終えて甚四郎が窓の前に戻ると、原田がさっそく言った。

「貴殿は蘭方医として開業の準備をしていたということだったが、病人の診察はできるのか」

「はい、ある程度の診察はできると思います。しかし、治療はできませぬ」

「どういうことか、意味がわからぬ」

「診察してある病気と診断すると、薬を処方しなければなりません。その薬の製法はほぼ習ったのですが、私の手元に薬種がありません。そのため、薬が作れないのです」

「なるほど、医者は薬種屋から薬草などを仕入れて薬を作り、処方するわけか」

「はい、さようです」

「だが、漢方とは違い蘭方では、体の内部のことも学んだであろう」

「はい、解剖図などで人体の骨格や臓器について学びました」

「ふうむ、それは好都合だな。吉原では時々、人殺しなどがあり、検使《けんし》を求められることがある。現場に出向いて、死体を検分するわけだが、たいていは妓楼の言い分通りになる」

原田が皮肉な笑みを浮かべた。

妓楼にとって都合のよい結末になるということであろうか。たとえ殺人事件でも、うやむやになってしまうという意味なのかもしれない。

黙っている甚四郎に、原田が言った。

「今度、検使を頼まれたら、貴殿が行って検屍《けんし》をしてみてはどうか」

「はあ、しかし、私は検屍をしたことはありませんので」

「誰しも最初はあろうよ。男は筆おろし、女は水揚《みずあげ》というようだがな」

原田が真面目な顔で言う。

そばで、伝吉がニヤニヤしていた。

甚四郎は厄介なことを押し付けられている気がした。面倒は新入りに押し付けるというわけだろうか。

しかし、考えてみると、芝蘭堂で学んだことを実地に生かす、絶好の場面かもしれない。

（ふうむ、検屍か）

病人や怪我人ではなく、死体を診察することになろうか。治療はせず、死因を特定するのだ。死因がわかれば、下手人の捕縛につながるかもしれない。

これまで、想像もしたことがなかったが、蘭方医術の新たな活用ではなかろうか。俄然《がぜん》、興味が出てくる。

甚四郎は検使を求められれば、ぜひ引き受けようと思った。そのためには、いくつかの医療器具は常に手元に置いていた方がよいかもしれない。

検屍の経験がないので必要な器具といっても思いつかないが、虫眼鏡と鑷子《せっし》（ピンセット）は必須《ひっす》であろう。

甚四郎は今後、虫眼鏡と鑷子を袱紗《ふくさ》に包み、持ち歩くことにした。

（四）

妓楼から夕食が届いた。

やはり交代で食べる。

膳にのっているのは飯、油揚と鹿尾菜《ひじき》の煮つけ、それに沢庵だった。

岡っ引の伝吉が言った。

「これでも、妓楼で遊女が食っている物よりは、はるかに、ましですぜ」

「ほう、そうなのか」

甚四郎は意外な気がした。

吉原の遊女ともなれば食べ物も贅沢《ぜいたく》と思い込んでいたのだ。もしかしたら、伝吉が冗談を言っているのかという気もする。

「夜見世が始まると、遊女は忙しいですからね。たいてい、『廻《まわ》し』といって、ひとりの遊女が同時に三人も、四人も客を取っています。落ち着いて夕飯を食う暇はないのですよ。ちょっとした合間を見て、一階の台所の片隅で、冷飯に湯をかけて、沢庵をかじりながら、湯漬けをすするのがせいぜいですよ」

「ほう、花魁《おいらん》が湯漬けか」

妓楼の実態を聞き、甚四郎は少なからず驚いた。

伝吉の口調が一転する。

「夕飯こそ、そんな具合ですがね。売れっ妓の花魁ともなれば、客から多額の祝儀をもらいます。朝飯や昼飯は、妓楼が出す食事には見向きもせず、仕出料理屋に頼む女も多いですぜ」

「ほう、仕出料理屋から総菜を取り寄せるとは豪勢だな」

いつしか、日は暮れていた。

風に乗って、三味線の音色が届く。張見世で弾く清掻《すががき》と呼ばれる三味線のお囃子《はやし》だろうか、それとも宴席で弾く芸者の三味線だろうか。

それにしても、行き交う人は多い。夜の吉原のにぎやかさは、昼間のにぎやかさの数倍であろう。

吉原は建物が密集し、どこも行灯《あんどん》や蠟燭《ろうそく》を煌々《こうこう》とともしているため、江戸の町家よりはるかに明るい。しかも、通りにはあちこちに、たそや行灯と呼ばれる行灯が配置されていた。

だが、大門を出入りする大勢の人間を面番所の格子窓から注視しても、黒い影でしかない。容貌《ようぼう》などはまったくわからなかった。

夜四ッ（午後十時頃）、大門が閉じられた。しかし、大門が閉じたあとは、大門の隅にある袖《そで》門を利用できる。

「客の男は深夜でも袖門から自由に出入りできるからな。吉原は文字通りの不夜城だよ。おかげで、面番所も不夜城じゃ。

さて、拙者はちと寝るぞ」

原田が棚から夜着《よぎ》と枕をおろし、その場にごろりと横になった。

交代で、一ッ時《いっとき》（約二時間）の仮眠が許されているという。もう慣れているのか、原田は横になったかと思うや、すぐに鼾《いびき》をかき始めた。

甚四郎は格子越しにじっと、大門を出入りする人の流れを見つめる。

（本が読めるとよいのだが）

ふと思ったが、見張るのが職務だけに、本を読んでいては怠慢になろう。ひたすら、大門の人の出入りを見つめる。

やがて原田が起床し、甚四郎が仮眠の番となった。

枕に頭をのせ、夜着をひっかぶったが、目が冴《さ》えてとても眠れそうもない。眠ろうと努力するほど、かえって眠れないことにいらいらがつのる。

中間の文蔵が熟睡している様子を見て最初は感心していたが、次第に腹が立ってきた。小憎らしくなり、蹴《け》りつけてやろうかと思う。そんないら立つ自分に気づき、甚四郎はついに徹夜をする覚悟をきめた。

思い切って起き出すと、窓のそばに戻った。

「とても眠れそうにありません。夜通し、起きていることにしました」

「ほう、そうか。若いから、ひと晩くらい寝なくても、なんてことはないぞ」

原田はとくに驚いた様子はない。

すでに予想していたようだ。もしかしたら、自分も最初の夜は同じ経験をしていたのかもしれない。

（五）

夜明けとともに大門が開かれた。

開門を待ちかねたように、次々と人が入ってくるが、天秤棒《てんびんぼう》をかついだ者が多い。天秤棒の前後に肥桶《こえおけ》をかついだ、農民らしき男がいる。妓楼の雪隠《せっちん》で肥汲《く》みをするのであろう。

格子越しに朝の景色をながめていた富永甚四郎は、いかにも肥桶と見える桶に青菜などの野菜が詰められているのに気づいた。

「肥桶のように見えるのだが、野菜が詰められているのは妙だな」

甚四郎はちょっとした慧眼《けいがん》の気分である。

岡っ引の伝吉に話しかけたつもりだったが、原田修理が言った。

「ああ、あれか。肥汲みはたいてい、近在の百姓じゃ。百姓は糞尿《ふんにょう》を汲み取らせてもらう謝礼に、妓楼に自分の畑で作った野菜を持ってくるのだ。

吉原で出る糞尿は肥料として高値で取引されるからな。汲み取る側が謝礼をするのだ」

「ほう、吉原で汲み取られる糞尿は値が高いのですか」

「宴席で贅沢な料理を食っている連中の尻《しり》から出るせいか、肥料としての効き目がよいというぞ。そんなことから、吉原で汲み取られた糞尿は百姓の間で人気が高いそうじゃ」

「さようですか。しかし、肥桶に野菜を詰めて届けるとは、なんとも……」

「百姓にしてみれば、空の肥桶をかついで歩くのは無駄だろうよ。行きは野菜、帰りは糞尿を運べば、じつに無駄がない。

われらは妓楼から届いた飯を食べるが、総菜の野菜は、ああやって肥桶で届けられたものかもしれぬぞ。まあ、ちゃんと水で洗っているとは思うがな」

原田が笑いをこらえて言った。

徹夜をした甚四郎は、どんよりとした疲労感にもかかわらず、刺すような空腹を覚えていた。ところが、原田の話を聞いた途端、軽い吐き気をもよおした。

そんなときを見はからったように、妓楼の若い者が朝食を運んできた。

膳《ぜん》には飯、豆腐の味噌《みそ》汁《しる》、里芋の煮つけ、沢庵《たくあん》がのっている。

（こんな朝食には見向きもせず、仕出料理屋から総菜を取り寄せる遊女もいるわけだな）

甚四郎は伝吉に聞かされた話を思い出しながら、妓楼の朝食を食べる。原田から聞かされた肥桶と野菜の関係は、すでに気にならなかった。

朝食を終えると、全身がけだるくなったが、頭の一部が冴えている。じっと座っていると居眠りをするのではないかと案じたが、居眠りにはつながらない。居眠りしないのは安心だが、心身の重苦しさはつのるいっぽうだった。

「拙者は用を足してくる」

原田が面番所を出て行く。

伝吉が説明した。

「面番所には小便所はありますが、ちゃんとした雪隠がありやせんからね。大便のときは妓楼の雪隠を借りるのですよ。原田の旦那《だんな》は江戸町二丁目に気に入った雪隠があるそうで、日ごろ、

『あそこでなければ、出るものも出ない』

と、言っていますよ。

わっしは伏見町に気に入りがありやす。妓楼の雪隠でかがんでいると、隣に花魁《おいらん》が入っていることがありましてね。しかし、あのシャーシャーという音を聞くと、百年の恋も一時《いちじ》に冷めますぜ」

「そうか。では、拙者はどうしたらよかろう」

「わっしが話を通しますから、雪隠を使いたい妓楼があれば、遠慮なく言ってください」

「うむ、そのときは頼む」

甚四郎としてはそう言うしかない。

雪隠から戻った原田が、

「さあ、そろそろ帰り支度をするぞ」

と声をかけ、甚四郎と文蔵、新助、それに伝吉は身なりをととのえる。

朝四ツ（午前十時頃）の鐘が鳴り終えて間もなく、同心の近藤佐兵衛《こんどうさへえ》と大川大次郎《おおかわだいじろう》が現れた。交代要員である。

「とくに変わったことはござらぬ」

「ご苦労でした」

こうして、原田と近藤・大川の引継ぎは簡単に終わった。

甚四郎が近藤と大川に挨拶《あいさつ》を終えたあと、五人は連れ立って大門を出た。

五十間道を歩き、衣紋坂を上りきると日本堤である。

伝吉が日本堤に立ち、甚四郎に吉原とは反対方向を指さして示した。日本堤から下った細い道が田圃《たんぼ》の中を進む先に、人家が密集した一画がある。

「あそこは浅草元吉町《あさくさもとよしちょう》です。わっしは、あそこに住んでいやしてね」

つまり、伝吉はここで別れるということだった。

伝吉が日本堤をおり、四人は日本堤を歩いて山谷堀に向かう。


山谷堀に着くと、用意された屋根舟に乗り込んだ。

舟の中で、甚四郎は原田が妙に静かなのに気づいた。

見ると、いかにも気持ちよさそうに居眠りをしている。面番所詰めを続けるうちに、泊りの夜は短時間の仮眠でも熟睡するし、帰りの舟の中では揺られながら居眠りをする習慣が身についてしまったのであろう。

（目覚めたとき、きっと気分爽快《そうかい》だろうな）

甚四郎も目をつぶったが、やはりいっこうに眠気は訪れない。

（慣れるのに何年かかるのだろうか）

面番所詰めは、朝四ツから翌日の朝四ツまでの丸一日。二日休み。そして、また丸一日。これを繰り返す。

甚四郎はやや暗澹《あんたん》たる気分になった。

いっぽうで、妻の体が無性に恋しかった。

気分はどんよりとし、体のあちこちもこわばり、いわば疲れ切っているのだが、下半身は妙に亢進《こうしん》していた。

屋敷に戻った途端、お八重を抱き、そのまま情を交わしたかった。

だが、昼間の房事はとうてい無理である。

屋敷には父と母がいたし、中間や下女などの奉公人もいる。廊下と部屋の仕切りは障子一枚、部屋と部屋の仕切りは襖《ふすま》一枚だった。しかも、明り採りのため、昼間は障子や襖は開け放つのが普通である。

こんな状況では、夫婦といえどもとても房事はできない。

（とりあえず、昼寝ができればよいが）

甚四郎は屋敷に戻ると、お八重に「一睡もできなかったのでな」と告げ、締め切った一室で、ひとりで昼寝をするつもりだった。

屋根舟は隅田川を下り、やがて掘割に入る。

けっきょく、亀島町の河岸場に着くまで、原田はうつらうつらを続けていたが、甚四郎は居眠りもできなかった。

第二章　変身

（一）

一ヵ月ほどすると、富永甚四郎は面番所詰めの勤務形態にようやく慣れてきた。慣れたというより、慣れさせたというほうが正しいかもしれない。中二日の休みに石井《いしい》道場に通い、捕方の稽古《けいこ》に励んでいたのだ。これが心身の回復につながっているようだった。

石井道場は、かつて南町奉行所の与力だった石井与一郎《いしいよいちろう》が屋敷内に作った道場である。

与一郎は竹内流《たけのうちりゅう》柔術の修行を積み、免許皆伝の腕前だった。竹内流は総合武術で、柔術はもちろん、剣術、居合、棒杖術《ぼうじょうじゅつ》、薙刀《なぎなた》なども含む。

町奉行所の役人は捕物に際して、たとえ相手が刃物を振り回していても、安易に刀で斬り殺してはならなかった。あくまで、生け捕りにしなければならないのだ。

そのため捕物には、突棒《つくぼう》、刺又《さすまた》、袖搦《そでがらみ》の三道具《みつどうぐ》や六尺棒、十手などが用いられる。さらに、同心が使用する刀は刃引きしてあった。斬れないように処理されていたのだ。

与一郎は柔術を土台にした捕縛の術を工夫し、研鑽《けんさん》しようとしたのだ。与力である石井家の屋敷はおよそ三百坪あったことから、敷地内に道場を作り、町奉行所の役人や小者、岡っ引などが稽古をして、切磋琢磨《せっさたくま》する場とした。本来は町奉行所が整備すべきことを、与一郎が個人で実現したといえよう。

すでに与一郎は死去し、息子の与兵衛《よへえ》が道場主になっていたが、石井道場はますます隆盛だった。とくに強制ではなかったが、与力や同心の子弟がこぞって稽古に通ってきたのだ。岡っ引は柔術と十手術の稽古をしたし、小者は棒術の稽古をした。

甚四郎の兄の栄太郎も子供のころから、石井道場で捕縛術の稽古をしていた。いずれ自分が富永家の家督を継ぎ、北町奉行所の同心になるという自覚があったからである。ところが、そんな自覚のなかった甚四郎は一度も行ったことがなく、父親も強制はしなかった。

さすがに番方若同心になってから、甚四郎は石井道場に通いはじめたが、とくに面番所詰めになってからは二日間の休みには熱心に稽古をした。

そんな甚四郎の変化に、道場主の与兵衛は気づいたようだ。

「そのほう、このところ稽古に熱が入っておるな。何か感ずるところがあったのか」

「捕方の術に興味が出てきたこともありますが、じつはここでたっぷり稽古を積むと、その晩、ぐっすり眠ることができ、翌朝、目覚めると体調がよいのです」

甚四郎は、不規則な面番所勤務で体調を狂わせていたが、中二日の休みに石井道場で体を動かし、汗を流すことで回復できるのがわかったと、正直に述べた。

与兵衛は愉快そうに笑った。

「ほう、安眠のためか。いや、これは皮肉ではないぞ。そういう利用法も大いに結構。

それに、わしの見たところ、そなたは筋がいい。上達に目覚ましいものがある。今後も精進することじゃ」

「はい、ありがとうございます」

かくして、甚四郎は中二日の休みは石井道場に通い、とくに柔術と十手術、棒術の稽古に励んでいた。

もしかしたら、吉原で凶悪な者を捕縛することがあるかもしれないと考えたのだ。

自分がならず者を六尺棒や十手、さらに柔術で制圧する光景を想像すると、胸躍るものがあった。

そんなある日、十手術の稽古をしている嘉平次《かへいじ》という岡っ引が与兵衛に要望した。

「先生、短い匕首《あいくち》だけでなく、十手で刀を受ける方法を教えてくださいまし」

耳に入った途端、甚四郎は稽古の動きを止めて聞き入る。まさに自分の要望を代弁してもらった気分だった。

「短い匕首だから十手で対応できる。長い刀は十手では無理じゃ。だから、刀を想定した十手の稽古はない」

与兵衛があっさり言った。

嘉平次が手にした十手を見せ、

「しかし、わっしは先代の親分から、ここは『太刀《たち》もぎ鉤《かぎ》』といって、相手の刃《やいば》を受けてひねり、もぎ取る仕掛けと教えられたのですがね」

と、棒芯《しん》の下部にある鉤を示す。

与兵衛が笑った。

「まったく、無責任な教えだな。斬り込んでくる刀を十手本体と鉤の狭いところで受け、挟んでねじるなど、とうてい無理じゃ。一種の十手伝説、あるいは曲芸と言ってよかろう。

わしはかつて、弟子に刃をつぶした刀で撃ち込ませ、十手で受けてみたことがある。

かろうじて鉤で挟むことはできたが、刀は両手で握り、十手は片手じゃ。力負けして、とても十手で刀をねじって、もぎ取ることなどできなかった。

それどころか、鉤で受け止めたとき、たいてい刀身のどこかが拳《こぶし》にあたった。もし真剣だったら、指が落ちていたろうな。最悪の場合、手首が斬り落とされていたかもしれぬ」

「しかし、先生、刀を振りまわすお武家を取り押さえなければならないときだって、ありやすぜ。わっしらは十手しか持っていやせん」

嘉平次がややむきになった。

与兵衛が諭《さと》すように言う。

「刀を持った相手を取り押さえるときは、『打ち払い十手』を使うがよい。打ち払い十手は全長が三尺三寸（約一メートル）以上ある。大刀の剣先から柄頭《つかがしら》までの全長と遜色《そんしょく》ない。打ち払い十手なら刀と対抗できよう。

打ち払い十手は奉行所にあり、捕物出役《とりものしゅつやく》のとき同心が用いる」

「では、先生、その打ち払い十手の稽古をさせてくだせえ」

「すぐには無理だ。とりあえず十手術と柔術、それに棒術の稽古をすれば、打ち払い十手の使い方にもつながる」

「はあ、そうですか」

嘉平次はやや不満そうだが、とりあえず納得したようだった。

そばで聞きながら、甚四郎は面番所の壁に長い十手が掛けられているのを思い出した。握りの部分には鮫皮《さめがわ》が巻かれていて、重厚な作りだった。

（ああ、あれが打ち払い十手だったのか）

甚四郎は一種の飾りと思っていたのだ。

自分の迂闊《うかつ》さがおかしいが、実際の捕物の際にどんな武器を用いたらいいのかを教えられた気がした。

＊

稽古《けいこ》を終え、甚四郎が石井道場から屋敷に戻ると、妻のお八重がやや硬い表情で出迎えた。

「お帰りなさいませ」

「どうか、したのか」

「さきほど、使いの方が手紙を届けてきました」

お八重から封書を受け取った甚四郎は、すぐに開封した。

手紙は北町奉行所の内与力《うちよりき》・青木長十郎《あおきちようじゆうろう》からで——

急ぎ駿河台《するがだい》の永田《ながた》家の屋敷に供は連れず、ひとりで来い。

——という意味のことが書かれていた。

（これはただ事ではないな）

甚四郎はやにわに緊張が高まる。

夫の表情が変わったのを見て、お八重が言った。

「どうか、しましたか」

「用向きはわからぬが、これからすぐ駿河台に出かけねばならぬ。着替えの用意をしてくれ。それと、手早く昼飯を食いたい。湯漬けでかまわぬ」

甚四郎はお八重に手伝わせて羽織袴《はおりはかま》に着替えながら、考え続けた。

町奉行所の与力や同心は、あくまで町奉行所という機関に所属しており、奉行個人の家来ではない。そのため、奉行が次々と交代しても、与力や同心に異動はなかった。

しかし、新任の奉行としては、気心の知れた腹心の部下がいなくては不自由である。

そのため、町奉行に任命された旗本は、自分の家臣を何人か、奉行所勤務とするのを認められており、これを内与力といった。

今の北町奉行の永田備後守正道《びんごのかみまさみち》は文化八年（一八一一）年四月、勘定奉行《かんじょうぶぎょう》から北町奉行に転じた。その際、旗本永田家の家臣である青木らを内与力に任じ、引き連れてきたのである。

奉行に就任以来、奉行の永田をはじめ、内与力の青木らはみな、北町奉行所の敷地内にある役宅に住んでいた。

(奉行所内の役宅ではなく、駿河台の永田家の屋敷に呼び出すとは面妖《めんよう》だな)

甚四郎は胸騒ぎがした。

内与力の青木は、奉行永田の腹心のひとりと言ってよかろう。

奉行所内では話せない内容、あるいは他の役人には知られたくない内容ということであろうか。

「旦那さま、湯漬けが用意できました」

下女が膳《ぜん》を運んできた。

膳にのっているのは冷飯で、梅干と沢庵《たくあん》が添えられていた。

甚四郎は冷飯に湯をかけ、さらさらと流し込んだ。これで、空腹でグゥと腹が鳴る醜態は避けられるであろう。

昼飯を食べ終えるや、屋敷を飛び出した。

（二）

五百石の旗本である永田家の表門は堂々たる冠木門《かぶきもん》だった。

富永甚四郎が門番に名乗ると、すぐに若侍が顔を出した。待ち受けていたようだ。

「ご案内します」

門から式台付きの玄関まで飛石があったが、若侍は玄関には向かわず、左に折れた。

甚四郎が見たところ、敷地は千坪近くありそうだった。

しばらく行くと、竹垣が結われており、中ほどに枝折戸《しおりど》があった。

枝折戸を抜け、若侍について進む。

畑が作られていて、井戸もあった。さらに竹垣があり、枝折戸を抜けると庭になっていて、池と築山《つきやま》があった。築山のそばに茅葺《かやぶき》屋根の四阿《あずまや》がある。

若侍に四阿へ案内された甚四郎は、

「え、原田さま」

と、驚きの声をあげた。

羽織袴姿の原田修理がいたのだ。

原田も同様に驚いている。

「なんだ、貴殿も呼ばれていたのか。しかし、それにしては、おそいではないか」

「石井道場から戻って、初めて書状を見たものですから。それから大急ぎで支度をして駆け付けました」

若侍が一礼し、

「では、少々、お待ちください。知らせてまいりますので」

と、建物の方に戻っていく。

甚四郎がさっそく言った。

「何の用で呼ばれたのか、ご存じですか」

「いや、拙者も知らぬ。すぐに駿河台の永田家の屋敷に来いとだけ書いてあった。だから、貴殿が呼ばれていることも知らなかった」

「原田さまと私ということは、面番所に関してでしょうか」

「そうかもしれぬな」

原田が珍しく歯切れが悪い。


青木長十郎が歩いてくるのが見えた。若侍も連れず、ひとりである。年齢は三十代の後半だろうか。長身で、面長《おもなが》だった。腰には脇差《わきざし》だけを差し、袴《はかま》なしの着流し姿で、庭下駄をはいていた。

「急に呼び出してすまぬな。屋敷内というわけにもいかぬので、ここにした。茶も出せぬが、勘弁してくれ」

奉行所を避け、さらに永田家の屋敷でも建物の中を避けたのは、盗み聞きを防ぐために違いない。

四阿には煙草盆だけは置かれていた。青木は煙草入と煙管《きせる》を取り出し、一服したあと、話し出した。

「これから話すことは、お奉行の永田備後守さまもご存じだ。というより、お奉行のご意向と受け取ってもらってよい」

甚四郎と原田は小さく「はっ」と答えて、うなずく。

青木は煙管の雁首《がんくび》で煙草盆の灰入れをコンと叩《たた》いた。

「さて、中村勘解由《なかむらかげゆ》さまは家禄《かろく》五百石の旗本で、屋敷は小日向服部坂《こびなたはっとりざか》にある。新番頭《しんばんがしら》などを歴任し、今は小普請組《こぶしんぐみ》支配の役にある。この中村家に内紛があってな。いわば、お家騒動じゃ。

この中村家のお家騒動を解決するため、ふたりに秘密裏に動いてもらいたいのだ」

「しかし……」

原田がうなるように言った。

青木が原田を見つめる。

「そこもとの言いたいことはわかる。町奉行所の役人は武家屋敷の内紛には介入できぬというのであろう。だが、ふたりに頼みたいのは吉原での探索なのだ。まあ、あとでくわしく話すがな。

ところで、そこもとは蘭方の修行をしていたそうじゃな」

青木がひたと甚四郎を見つめた。

甚四郎はやや戸惑いながら答える。

「はい、大槻玄沢先生のもとで、蘭学と蘭方医術を学んでおりました」

「では、最新の医術を修めているということだな。そこもとに尋ねたい。女に生まれた人間が、成長するうちに男に変身することは、実際にあるのか」

甚四郎は話題の急変に驚いたが、いっぽうで内心、安堵《あんど》のため息をついた。この質問なら答える自信がある。医書で読んだことがあったのだ。

「はい、これまでに各地で、いくつかの例が記録されております。

わが国の場合、性別を最初に判定するのは取上婆《とりあげばば》です。生まれた赤ん坊に産湯を使いながら、股《また》を見て突起があれば男、突起がなければ女と判定していると申せましょう。親も同様に、股に突起がなければ女と判断し、何の疑問もいだいておりません。

ところが、ごく稀《まれ》にですが、陰茎や陰嚢《いんのう》――つまり、へのこと金玉袋――が体内になかば埋もれた状態で生まれてくる男の子がいるのです。股を見ても陰茎や陰嚢がないため、女の子と間違われ、女として育てられます。

しかし、成長するにつれて陰茎と陰嚢が大きくなり、外に出てきます。これを見て人は驚き、

『女の股にへのこが生えてきた』

『女が男になった』

などと、大騒ぎになるわけですが、もともと男だったのです。けっして女が男に変身したわけではありません」

「うむ、よくわかった。そこもとの説明はじつに明快だ。町奉行所の同心にしておくのは惜しいのう。いや、これは冗談だがな。

場違いの無駄話と思ったかもしれぬが、じつは女が男に変わったというのが、今回のお家騒動にかかわっておる。ちと長くなるが、我慢して聞いてくれ」

青木が中村家の騒動の顛末《てんまつ》を語り出した――

（三）

旗本・中村勘解由と妻の宮子《みやこ》のあいだに子供はなかった。世子《せいし》をどうするかが悩みの種だったが、宮子は自分の実家の親類から養子を迎えようと考え、折に触れて夫に訴えた。勘解由もなかば同意していた。

ところが、勘解由がお巻《まき》という女中に手を付け、妊娠した。そして、お巻は女の子を産んだ。

勘解由にしてみれば、お巻が産んだ娘に婿養子《むこようし》を迎えれば、中村家の血筋は続く。お巻は正式に側室となった。

正室の宮子は目算が狂ったことになるが、あきらめはしなかった。側室のお巻と、その子を憎み、裏にまわって排斥しようとした。

そんな中、勘解由がお政《まさ》という奉公人に手を付け、やはり妊娠した。しかも、お政は農村出身の下女だった。

宮子の憎悪は、お巻からお政に向かい、

「下女風情が殿をたらし込むなど、許せぬ」

と、どす黒い怒りをつのらせた。

同時に、宮子には恐怖でもあった。

もしお政が男の子を産むと、その子は文句なしに世子となり、中村家の家督を継ぐ。また、お政は側室になるのだ。

宮子はもともと癇癪《かんしやくも》持ちだったが、お巻とお政のことがおおやけになって以来、ちょっとしたことで半狂乱になり、奉公人もおびえて、その場から逃げ出すほどだった。

お政は出産したが、やはり女の子だった。沢《さわ》と名付けられた。

ほぼ同じころ、中村家の家臣・杉原藤助《すぎはらとうすけ》の妻が出産したが、生まれた子はすぐに死んだ。

勘解由は一時の色情に迷ってお政に手を出したものの、妊娠・出産という事態になって、後悔していた。相手が下女というのはいかにも外聞が悪い。しかも、生まれたのは女の子だった。さらに、妻宮子の嫉妬《しっと》と癇癪がある。

そこで、勘解由は杉原に因果を含めた。

「お政が産んだお沢を、しばらくのあいだ、そのほうら夫婦で育ててくれぬか。相応の金は渡す」

「はい、家内は乳が出ますから、喜んでお育てします」

杉原夫妻は了承した。

出産後数日で赤ん坊が死んだため、妻は乳が張って困っていたのだ。

かくして、お沢は杉原夫妻に育てられることになった。

いっぽう、勘解由はお政に、

「いったん実家に戻り、良縁があれば嫁《とつ》ぐがよかろう。子供のお沢のことは心配するな。家来にちゃんと育てさせる」

と因果を含め、相応の金を渡した。

要するに手切れ金だが、お政が嫁入りするにあたっては支度金になるほどの多額だった。

お政にしてみれば、正室宮子の底意地の悪さに苦しめられていたから、金をもって中村家の屋敷を出ることができるなら、これに越したことはない。

自分が産んだお沢に未練を残すこともなく、お政はさばさばした顔で中村家の屋敷から出て行った。

かくして、お政は中村家の屋敷から、いわば追放された。

側室お巻の生んだ娘が三歳、杉原夫婦に育てられたお沢が二歳になったとき、正室宮子が世子について新たな提案をした。

それは、宮子の実家の係累から養子を迎え、その後、側室お巻の生んだ娘と結婚させるというものだった。こうすれば、勘解由と宮子双方の血統が続くことになる。

勘解由は心が動いた。考えれば考えるほど名案だった。

そこで、養子えらびが始まり、ほぼ決まりかけたその矢先だった。

家来の杉原が勘解由に告げた。

「殿、一大事です。いや、朗報です。お沢さまは男になりましたぞ」

「そのほう、いったい、何を申しておるのか。血迷ったのか」

勘解由は最初、叱りつけたほどだった。

杉原は顔を紅潮させ、懸命に言う。

「お沢さまは股に小さな突起のようなものがあり、家内も最初は妙だと感じたそうですが、いずれ大きくなれば普通になるだろうと思っていたのです。ところが、その突起がだんだん大きくなり、へのこと金玉袋の形に似てきたのです。

そこで、取上婆と医者を呼び、見てもらいました。すると、ふたりとも男だと受け合ったのです。お沢さまは男ですぞ」

勘解由は呆然《ぼうぜん》とした。

続いて、喜びが沸き上がってきた。ついに、念願の男子を得たのである。

改めて、別な取上婆と医師を呼び寄せ、性別の鑑定をさせると、

「陰茎も陰嚢も発育がおくれていて、やや小さいが、そのうち普通になるであろう。男子に間違いない」

との回答を得た。

勘解由はお沢を屋敷に引き取り、杉原の妻を乳母《うば》に雇い、これまで通り世話をさせた。また、沢を沢之助《さわのすけ》と改名させた。

だが、めでたしめでたしとはいかなかった。中村家の屋敷内に新たな対立が生ま

れたのである。

それまで反目しあっていた正室・宮子と側室・お巻が、反・沢之助の旗印のもと、裏で手を組んだのである。沢之助を世子にしないために共闘したと言ってよい。

いろんな噂が飛び交った。

「杉原夫婦がひそかに女の子と男の子をすり替えたのだ」

「へのこと金玉袋は膠《にかわ》でくっつけた偽物だ」

もちろん、勘解由はそんな噂には耳を貸さなかったが、ひとつ気がかりがあった。沢之助の生母のお政の行方である。できることなら、お政を屋敷に呼び寄せ、沢之助と親子の対面をさせたうえで、改めて側室に立てたかった。

そこで、勘解由は家来の杉原に命じて、お政の行方をさがさせた。

杉原はまず、お政の実家のある江戸近郊の代々木《よよぎ》村を訪ねた。そして、お政の両親や弟夫婦から話を聞き、念を入れて近所の農民からも話を聞き出した。

それによると、お政は「お武家屋敷でご奉公していた」という箔《はく》が付いているうえ、勘解由にもらった手切れ金を持参金にできる。それを聞きつけ、仲人《なこうど》が多数の縁談を持ち込んできた。

仲人は、縁談を成立させて手数料を得るのが商売である。

舞い込んだ多数の縁談の中からお政がえらんだのが、麹町《こうじまち》十三丁目の小料理屋『若松《わかまつ》』の主人だった。主人は妻に死に別れていたので後妻になるし、かなり歳も離れていたが、小料理屋の女将《おかみ》になれる。

仲人の話では、

「前の女将が亡くなって、商売はちょいと思わしくないのですがね。ああいう商売は、やはり女将が決め手ですからな。おまえさんが新しく女将になれば、きっと盛り返すでしょうな」

ということだった。

お政は、自分が後妻になることで商売が繁盛すると思うと、心が浮き立った。話はとんとん拍子で進み、お政は若松の女将になった。

ところが、若松の主人の狙いはお政の持参金だった。借金がかさみ、商売は破綻《はたん》寸前だったのだ。

そして、持参金も焼け石に水だった。けっきょく、商売は失敗し、借金を返済するため、お政は吉原に売られた。いざとなれば女房を売るというのも、織り込みずみだったのであろう。

杉原は話を聞いて愕然《がくぜん》とした。

ともあれ、杉原は麴町十三丁目の若松を訪ねた。店はすでに人手に渡っており、元の主人の行方は知れなかった。

近所で問い合わせたところ、お政が吉原に売られたのは間違いないようだった。お政が泣きながら駕籠《かご》に乗るところを目撃した人がいたし、駕籠には女衒《ぜげん》らしき男が付き添っていたという――

＊

――というわけで、沢之助どのを産んだお政どのは、中村家の屋敷を出たあと、小料理屋の主人の後妻になったものの、けっきょく吉原に売られたわけじゃ」

青木長十郎の話がようやく終わった。

富永甚四郎はひそかにため息をついた。重苦しい気分である。

原田修理が言った。

「お政どのはいま、何歳でしょうか」

「中村家の屋敷を出たとき、二八《にはち》だったと聞いた。二八は十六歳のことだからな。いまは、十八か十九であろう」

「しかし、お政どのはなぜ自分が吉原に売られるのに同意したのでしょうか」

甚四郎が遠慮がちに口に出した。

原田が大げさに顔をしかめる。

「おい、面番所の役人がそんなことも知らぬのは、恥だぞ。

身売りは父親、兄、夫など、目上の男が同意し、身売り証文に署名して、印判を押せば成立する。本人の意向は関係ない。いわば、いやおうなしじゃ」

「そこもとは蘭方は学んでも、吉原は学んでいないようじゃな」

青木が甚四郎を見て笑った。

原田が頭を下げる。

「富永は面番所に詰めてまだ一ヵ月かそこらですので。これからおいおい、吉原の仕組みを覚えていくはずです」

「申し訳ありません」

甚四郎は恥じ入るしかない。

青木が口調を改める。

「お政どのをさがしてほしい。吉原にいるに違いない。どこかの妓楼で遊女になっているはずじゃ。

もし見つかれば、中村家の家臣の杉原藤助どのが身請けする。そして、しばらく別な場所で暮らしてもらって遊女の垢《あか》を落としたあと、身分を変え、中村家の屋敷に迎える。そういう手筈《てはず》になっておるのじゃ」

「しかし、お奉行の永田さまはなぜ中村家のために……」

原田が慎重にさぐる。

青木が笑った。

「そこもとが不審なのも無理はない。じつは、お奉行と中村勘解由さまは縁戚《えんせき》で、しかも子供のころ私塾で、机を並べて漢籍を学んだ仲だそうでな。いわば竹馬の友なのだ。中村さまに頼まれ、お奉行は一肌脱ぐことになった」

「さようでしたか、よくわかりました。ところで、お政どのが売られた妓楼はわからないのですか」

「まったくわからぬ」

「身売り証文は、お政どのの亭主と女衒の間で取り交わされ、さらに女衒と妓楼の主人の間で取り交わされたはずです。身売り証文を見れば、妓楼の名が知れるはずですが」

「亭主は行方不明じゃ。女衒の名も知れぬ。そのため、身売り証文を見ることはできぬな」

「さようですか、う〜ん」

原田が天をあおいだ。

その苦衷の表情を横目で見て、甚四郎は難題に直面しているのをひしひしと感じた。

「吉原の連中に真の目的を悟られないように動いてくれよ。北町奉行所でも、この件を知っているのは、お奉行と身共のふたりだけじゃ。そこに、そこもとらふたりが加わった。知っているのは四人のみ。面番所のほかの同心にも知られぬようにしてくれ。

『孫子《そんし》』に、
兵は拙速《せっそく》を聞くも、いまだ功久《こうひさ》しきを睹《み》ず
とあるな。戦いは、長引いたあげくの大勝利よりは、たとえ小さな勝利でも早期に終了するほうがよいということじゃ。

しかし、今回は『拙速』はいかん。慎重に動いてくれ」

「承知しました。ただし、伝吉という岡っ引にだけには打ち明けて、動いてもらわざるを得ません。役人では無理なことが多いのです。もちろん、絶対に口外しないよう誓わせます」

しばらく考えたあと、青木が言った。

「そこもとがそう言うのなら、やむを得んだろうな。知っている者は五人となる。それ以上は増やすな」

「ははっ」

原田が頭を下げた。

あわてて甚四郎も頭を下げる。

（四）

駿河台の永田家の屋敷を出ると、原田修理は眉間《みけん》に皺《しわ》を寄せ、無言のまま歩く。

相手が考え込んでいるのがわかるので、富永甚四郎も話しかけなかった。

ふたり黙って、八丁堀に向けて歩く。

ようやく原田が口を開いた。

「これは、ただでさえ難しいのに、女捜しの目的を相手に悟られないようにしなければならないのだから、ますます難しくなる。拙者はつらつら考えたのだが、貴殿に動いてもらうのがよかろう」

「えっ」

甚四郎は驚いた。

面倒を自分に押し付けようとしているのでは、という疑いも生じる。

だが、原田は真剣そのものだった。

「拙者が出て行くと、妓楼の連中はいったい何事だろうか、本当の目的は何だろうかと、疑心暗鬼になりかねない。

その点、貴殿はまだ一ヵ月そこそこだ。岡っ引の伝吉が新任の役人を紹介するという名目で、主だった妓楼をまわるのがよかろう。その際、さりげなく聞き込みをするのだ。実際の聞き込みは伝吉に任せ、貴殿はそばで威張った顔をしていればよい」

「ははあ、なるほど。それだと、新米の私でも務まりそうです。しかし、お政どのが遊女になっているとしても当然、名は変わっていますね」

「うむ、いわゆる源氏名を名乗っているだろうな。だから、名前からたどるのは無理だ」

「さようですか。あのう、生意気なことを申すようで恐縮なのですが……」

「なんだ、遠慮なく申してみよ」

「妓楼の楼主は、買い入れた女の本名は控えているのではありますまいか。とすれば、丹念に楼主に尋ねていけば判明するのではないでしょうか」

「ふうむ、そう考えたか。まあ、悪くはない考えだ。

しかしな、妓楼の楼主は叩《たた》けば埃《ほこり》が出る身でな。しかも、大量の埃が舞う。それは本人が一番よくわかっている。

たとえば、女の身売りに際しては証文を取り交わしているが、実際は形式だけでな。かどわかしてきた女を、自分は伯父や兄だと称して売り飛ばす悪党もいる。楼主は薄々わかっていても、証文さえきちんと整っていれば、女を買い取るのだ。

町奉行所の役人になまじ抱え遊女の本名や経歴を告げたりすれば、藪蛇《やぶへび》になりかねない。かどわかされた女を抱え遊女として働かせていたのが明らかになると、妓楼は取り潰《つぶ》しじゃ。それを恐れているので、楼主はいろんな理屈を並べて、遊女の身元は明らかにしない。

まあ、われら面番所の役人は楼主に強く出られないのも事実なのだがな」

原田の歯切れが悪い。

甚四郎はここにいたり、ようやく妓楼が持ち回りで面番所の役人に三食を提供するなど、優遇している理由がわかった気がした。

（要するに、われらは妓楼に飼われているのか）

苦々しい気分がこみ上げてくる。

原田が言った。

「しかし、ひとつ、手がかりがある。『お武家屋敷にご奉公しておりました』じゃ」

「ほう、どういうことでございましょうか」

「見栄なのだよ。お政どのはもともと貧農の娘で、旗本屋敷で下女奉公していたにすぎない。だが、客の男や妓楼の若い者には、

『あたしは百姓の生まれで、お武家屋敷でも卑しい下女奉公していました』

とは決して言わない。

お政どのにかぎらず、かつて武家屋敷で水汲《みずく》みや飯炊きをしていただけの女でも、

『あたしはここに来る前は、お武家屋敷でご奉公しておりました』

と、さも自分が腰元や奥女中だったかのように自慢するものだ。考えようによっ

ては、悲しい見栄だがな」

「すると、『かつて武家屋敷で奉公していた女はいるか』と尋ねていけばよろしいわけですか」

「うむ、それがひとつの手がかりになろう。遊女や若い者に、それとなく尋ねるのがよかろうな。

もうひとつの手がかりは、麴町十三丁目の小料理屋・若松の主人や奉公人の行方だな。

こちらは、拙者が引き受けよう。あの一帯を巡回している定町廻《じょうまちまわ》り同心に、手札をあたえている岡っ引を紹介してもらう。その岡っ引に調べを頼む。岡っ引であれば、町のことはくわしいからな。もちろん、拙者も出向かねばなるまいが。

若松の主人や奉公人がわかれば、お政どのを売った女衒《ぜげん》の名が知れよう。女衒がわかれば、お政どのが売られた妓楼がわかる」

聞きながら、甚四郎は原田の推論の方法に感心した。

やはり、これまでの面番所での経験は伊達《だて》ではない。原田はなかなか老獪《ろうかい》なようだ。

「最近知ったことですが、吉原には遊女は三千人前後いるとか」

「うむ。大雑把に遊女というが、じつは階級があってな。
大きく、
上級遊女　花魁《おいらん》、
下級遊女　新造《しんぞう》、
に分けられる。
十歳前後で妓楼に売られ、雑用に従事しながら遊女としてのしつけを受けている女の子は禿《かむろ》という。禿もいずれ、新造となり、客を取り始めるわけだがな。
花魁はさらに、
呼出《よびだ》し昼三《ちゅうさん》、
昼三、
座敷持、
部屋持、

に分けられる。

ともあれ、呼出し昼三が最高位の遊女だ。

仲の町で豪華な花魁道中をするのは、この呼出し昼三だ。

拙者は、お政どのはおそらく花魁になっていると思う。もちろん、呼出し昼三ではないだろうが」

甚四郎は、原田が花魁と推量する根拠がわからなかった。

原田は甚四郎の表情をちらと見て、話を続ける。

「中村勘解由さまは下女のお政どのに手を付けた。お政どのには、男の淫心《いんしん》をそそる何かがあるに違いない。要するに、男好きのする女なのだ。さらに、『武家屋敷で奉公していた』という箔《はく》じゃ。

妓楼の楼主はお政どのを、

『この女は売れっ妓《こ》になる』

と見て、花魁にしたであろう。

そういう判断ができるのが楼主だ。

だから、花魁を中心にさがしていけばよい。だが、けっして新造からも目をそらしてはならぬ。新造ってこともありうるからな」

「はい。しかし、花魁だとすると、かなり絞り込めますね」

甚四郎は少し気が楽になった。

見ると陽はすでに西に沈み、あたりは薄暗くなってきている。

日が暮れる前に八丁堀に着けるかどうか、やや心もとなかった。

第三章　遊女殺し

（一）

富永甚四郎と供の文蔵、原田修理と供の新助は面番所に着くと、前日から詰めていた伊藤源八・竹内久造と、いつも通りの挨拶《あいさつ》を交わした。

引継ぎを終え、面番所から去るかまえを見せながら、「とくに変わったことはござらん」と述べたばかりの伊藤が、さも思い出したかのように言った。

「そうそう、つい先ほどだが、京町一丁目の叶屋《かのうや》の若い者が検使を求めてきましてね」

「ほう、なにか起きたのですか」

原田が目を細くした。

伊藤は視線を合わせようとせず、

「女が死んだとか言っておった。われらは間もなく交代なので、とても検使はできぬ。次の役人を向かわせると言っておきました。そんなわけで、よろしく頼みますぞ」

と、やや早口で言うや、竹内とともに歩き去る。

ふたりの姿が見えなくなったのを確認して、岡っ引の伝吉が原田のそばに来て、小声で言った。

「叶屋の若い者が面番所に来たのは、つい先ほどではなく、一ッ時（約二時間）ほども前ですぜ」

「てめえ、なぜ、そんなことを知っているのだ」

「岡っ引が耳打ちしてくれやしてね。相身互いですから」

伊藤と竹内とともに詰めている岡っ引であろう。岡っ引同士の情報交換があるのだ。

原田が顔をしかめた。

「やつら、面倒を押し付けやがったな」

「病気で死んだだけでは、お役人に検使を頼みはしません。おそらく、殺されたのだと思いやすぜ」

伝吉が言った。

原田は不機嫌そうな顔をしていたが、急に表情が明るくなった。

「そうだ、いい機会だ。そなたは叶屋に行き、検屍《けんし》をするがよい」

「えっ」

さすがに甚四郎は驚いた。

あまりに突然である。あわててふところをさぐり、虫眼鏡と鑷子《せっし》を包んだ袱紗《ふくさ》をたしかめた。

いったんは動揺したものの、勇躍してくるものがある。芝蘭堂で学んだことを実地に生かす絶好の、そして初めての機会と言えよう。

原田は今度は伝吉に命じる。

「てめえ、いっしょに行け。その際、『蘭方の修行をされていたお方だ』と前口上を忘れるな。まあ、富永どのを売り出してやれ」

「へい、かしこまりやした」

「面番所を空き家にするわけにもいかぬので、拙者は残りますぞ」

原田が甚四郎を送り出しながら言った。

＊

京町一丁目は大門から見ると、もっとも奥まった場所にあたる。

面番所を出た甚四郎と伝吉は、仲の町を水道尻《すいどじり》に向けて歩いた。

水道尻には、秋葉常灯明《あきばじょうとうみょう》という大きな石塔が置かれている。そのやや手前の右手に、京町一丁目の木戸門があった。

木戸門をくぐると、京町一丁目の表通りであり、両側に妓楼が軒を連ねていた。

表通りに面した張見世には、昼見世が始まる前のため、遊女はいない。その無人の張見世の横に、妓楼の入口がある。

やや奥まったところに長暖簾《のれん》がかけられていて、紺地に白く、「かのうや」と染め抜かれていた。

暖簾をくぐって中に足を踏み入れると、広い土間になっていた。土間の奥が台所で、料理人や下女が立ち働いていた。へっついが多数並び、上に置かれた釜《かま》や鍋《なべ》から湯気が立ち上っている。

土間の右手は広い板敷きになっていて、二階に通じる階段が後ろ向きについていた。吉原の妓楼独特の造りで、土間に立った客は階段の裏側を目にすることになる。

階段横の板敷きで、十人以上の女が長机に向かって食事をしていた。十代なかばくらいと、十歳前後の女である。

「みんなそろって、朝飯ですよ。新造と禿《かむろ》ですがね。花魁《おいらん》は二階に自分の部屋を持っていますから、女中が膳《ぜん》を運んでいくのです」

伝吉が小声で言った。

甚四郎は食事の場所にまで格差があるのを知り、驚いた。花魁道中をながめ、張見世をのぞくだけの吉原見物では、けっしてわからない実態と言えよう。

若い者が寄ってきて、腰をかがめた。

「これは、親分」

「おう、面番所はお役人の交代だったのでな、ちょいとおそくなった。

こちらは、ご検使の富永甚四郎さまじゃ」

「へい、ご苦労でございます」

若い者は甚四郎に深々と腰をかがめたあと、背後を振り返り、声をかけた。

「旦那さま、ご検使でございます」

板敷きの左奥に、楼主の居場所である畳敷きの内所《ないしょ》があった。

内所に座っていた初老の男が立ち上がり、急ぎ足で板敷きに出てきた。

普通なら、楼主が内所から出てくることはない。黒羽織の甚四郎が役人と見て取ったからであろう。

板敷きの端に座り、丁重に挨拶する。

「あたくしが叶屋の主《あるじ》の弥左衛門《やざえもん》でございます」

「おめえさん、こちらの富永さまは蘭方の修行をなさっていたお方だ。蘭方医になるはずだったのだが、お家の事情があって、面番所詰めのお役人となった。そんなわけだから、これまでのご検使とはちょいと違うかもしれないぜ。それは覚悟しておいてくんなせえ」

「へい、かしこまりました」

「女が殺されたのか」

「へい、さようで。花魁の浮舟《うきふね》です。若い者にご案内させますので。おい、富吉《とみきち》、富吉」

「へい、お呼びですか」

若い者と称しているが、年のころは四十に近いであろう。頭はほとんど禿《は》げていた。

「昨日の晩、浮舟に客人を案内したのはてめえだな。お役人のご検使だ。浮舟の部屋にご案内しろ」

「へい、では、こちらへ」

富吉が先に立ち、階段をのぼる。

甚四郎と伝吉が続いた。

吉原の妓楼はどこも、中庭を取り囲む構造になっていた。建物が広壮なため、中央部は昼間でも真っ暗になる。そのため、中庭をもうけて陽の光を採り込んだのである。

(ほう、広いな。お城と同じくらいかな)

甚四郎は内心で感嘆したが、妓楼と江戸城を比較するのは不謹慎な気もする。もちろん、江戸城に登城したことはない。

廊下を歩きながら横目で見ると、障子が開けられているため、座敷の様子がわかる。数人の花魁が膳を前にして、食事をしていた。集まって食べながら、浮舟の事件について語り合っているのかもしれない。

＊

「こちらでごぜえす」

富吉が障子を開けた。

布団の上に長襦袢《ながじゅばん》姿の浮舟が横たわっていた。

そばの屏風《びょうぶ》に、豪華な打掛や上着が掛けられている。また、枕元には笄《こうがい》や櫛《くし》が懐紙に包まれて置かれていた。さらに、布団の横に、はずした緋縮緬《ひぢりめん》の湯文字が置かれていた。

甚四郎はそばに座り、浮舟の顔を正視した。

まず気づいたのは、目をかっと見開いていることだった。

白粉《おしろい》を塗っているのだが、朝の光の中で顔色は濁って見える。口を半開にし、左の唇の端から粘液がたれていた。年齢は二十代なかばであろうか。

腕を持ち上げ、肘《ひじ》の関節の動きをたしかめると、すんなりとは動かない。すでに死後硬直が始まり、しかもかなり進んでいた。

「全身を検分するので、長襦袢を脱がせてください」

伝吉と富吉のふたりがかりで、浮舟を素っ裸にした。

甚四郎は袱紗《ふくさ》包みから虫眼鏡を取り出し、顔面から首筋にかけて仔細《しさい》に見ていくと、頸部《けいぶ》に鬱血《うっけつ》があった。明らかに指の跡である。

続いて、右手の爪先《つまさき》にかなりの血が凝結しているのに気づいた。

胸部や腹部には、目立った刃物傷や打撲傷は見当たらない。

陰部に目をやり、さすがに甚四郎もやや動揺した。陰毛がなかったのだ。

(遊女は陰毛を線香で焼き切ったり、毛抜きで抜いたりして処理する、と聞いたことがあったが、本当なのだな)

甚四郎は虫眼鏡で陰部を検分しながら、ふと気づいて鑷子《せっし》でつまみ上げた。

伝吉が好奇心をむき出しにする。

「何なんです」

「男の陰毛でしょうな。情交のときに抜け落ちたのでしょう」

「ほう、股座《またぐら》と股座をこすり合わせたからでしょうな。それは保管しておいてくださいな。怪しい男を捕らえても、なかなか白状しないとき、

『てめえの股座の毛を見せろ。この毛は、浮舟の股座に付いていたものだ。蘭方でくらべてみれば、すぐにわかるぞ』

と脅しつければ、恐れ入り、白状しますよ」

甚四郎は岡っ引の取り調べ術に感心した。

実際は蘭方医術をもってしても、二本の陰毛が同一人物の物かどうかを鑑定するのは不可能である。だが、たしかに自供に追い込む、はったりにはなろう。いっぽうで、冤罪《えんざい》を生む恐れもあった。

「うむ、では、いちおう保存しておきましょう」

甚四郎は陰毛を懐紙に包んだが、はったりの道具にするつもりはなかった。

次に、伝吉と富吉のふたりがかりで浮舟の体をひっくり返し、うつ伏せにした。

臀部《でんぶ》の下の布団が濡《ぬ》れていた。失禁である。

とくに外傷は見受けられないが、背中から臀部にかけてやや赤褐色を帯びていた。死斑《しはん》である。

浮舟に長襦袢を着せ、夜具をかぶせたあと、甚四郎が言った。

「両手で首を絞めた、絞殺に間違いありません。

浮舟どのの右手の爪に血と皮膚の破片のようなものが残っていました。首を絞められたとき浮舟どのは必死に抵抗し、おそらく男の左手の甲を爪でかきむしったのでしょうね。かなり深い傷で、出血もあったようです。

ここをご覧ください」

甚四郎が畳の上の赤黒い点々を示した。

伝吉と富吉が目を近づけてたしかめる。

「刃物で殺されたわけでもないのに、なぜ血が落ちているのか不審だったのです。しかし、男の左手の甲からたれたと考えると、説明がつきますな。場所も布団の左側です」

「なるほど。血の跡には気づいておりましたが、あたしは鼻血が落ちたのかと思っていやした。

ところで、富永さま、浮舟さんのまぶたを閉じてやっていただけやせんか。恨みのこもった目でにらまれているようで、気味が悪いのですがね」

富吉が懇願した。

甚四郎は指先で浮舟のまぶたに触れる。

「見てわかるように、まぶたは閉じませぬ。死んでしばらくすると死後硬直が始まり、つまり体のあちこちの筋が硬くなります。とくに目と口の硬直は早いのです。そのため、死んだ直後に指でまぶたを閉じてやらないと、もう閉じなくなるのです」

「ふうむ、やはり蘭方は違いますな」

伝吉が感心したように言った。

これまで同心の検使に同行していても、このような検屍《けんし》は経験していないのであろう。

「ところで、そもそも、いきさつはどうだったのか。最初から話してみてくれ」

甚四郎が富吉に言う。

富吉が左右の襖《ふすま》に目をやった。

「へい、ようがすが、場所を代えやしょう」

隣の部屋との仕切りは襖一枚なのだ。話がほかの花魁《おいらん》連中に筒抜けになるのは避けたいのであろう。

（二）

富永甚四郎、岡っ引の伝吉、若い者の富吉の三人は一階に下りると、まず内所に行った。

楼主の弥左衛門は長火鉢を前にして座っていた。そばに、分厚い帳面が数冊、重ねられている。

「おい、茶を頼む」

弥左衛門が通りかかった禿《かむろ》に命じた。

すぐに、甚四郎と伝吉の前に茶が置かれる。

甚四郎が語る検屍の結果を聞き終えると、弥左衛門は頭を下げた。

「ご苦労でございました。よくわかりました。では、二階はもう片付けてもようございますね」

「検屍は終わりましたが……」

甚四郎は楼主の意図をはかりかね、そばにいる岡っ引の伝吉を見た。

伝吉が言う。

「二階は客を迎える場所ですからね。叶屋としては昼見世が始まるまでに、きれいにしておきたいのでしょう」

「浮舟も早く葬ってやりたいですからね」

弥左衛門が付け加える。

ここにいたり、甚四郎も気が付いた。楼主としては早く死体を片付けて事件の痕《こん》跡《せき》を消し去り、なにごともなかったかのように商売を再開したいのだ。

弥左衛門が富吉に、三人が使う部屋を指示したあと、

「あたくしはこれから二階に行き、奉公人に指図をしなければなりません。あとは、富吉にお尋ねくださいい。

お帰りには、内所にお寄りくださいい」

と言ったあと、階段に向かう。

富吉が甚四郎と伝吉を内所の奥にある部屋に案内した。

＊

中庭に面していて、窓から松の木の幹が見えた。二階の窓からは緑が見えるであろう。

庭には石灯籠《どうろう》も立っていたが、まだ新しいのかほとんど苔《こけ》はなく、白さが目立つ。

「浮舟の客の名は」

甚四郎はもっとも基本と思われる質問をした。

富吉が困った顔になる。

「初会の客人でしてね。ボウダラと名乗っておいででした」

「ボウダラ……、棒鱈《ぼうだら》のことか。ふざけた名乗りだな」

「本名を明らかにせず、俳名や表徳《ひょうとく》を名乗る客人は多いのですよ。棒鱈は表徳だと思いますがね。表徳は、遊びのときの変名です」

じれったくなったのか、伝吉が乗り出してきた。

「おい、てめえ、表徳の講釈なんぞしなくてよい。肝心の棒鱈は、どんな野郎なんだ。年のころ、顔つき、商売、住んでいるところ、わかっているところを言いな」

「へい、昨夜、あたしは入口のあたりに立って番をしていたのですがね。五ッ（午後八時頃）過ぎだったでしょうか、二十二、三歳くらいの、藍万筋《あいまんすじ》の小袖《こそで》に小紋の羽織の、なかなか様子のよい男が熱心に張見世をながめていました。たんなる冷かしではなさそうだなと思ったので、あたしもそれとなく見ていたのですがね。この男が棒鱈さんだったわけでして。

そのうち、棒鱈さんがあたしのとこに来ましてね。

『左から三番目の女は何というのかい』

『へい、浮舟さんでござんす』

『では、あの女を』

と、いうわけでしてね。

あたしは張見世に、

『浮舟さん、お仕度《したく》ぅ〜』

と声をかけておいて、すぐ棒鱈さんを二階の引付座敷《ひきつけざしき》に案内したのです。初会の客人と花魁はまず、ここで対面するのがしきたりでしてね。

そのうち、浮舟さんが引付座敷にきて、遣手《やりて》が取り持って盃《さかずき》を交わしました。あたしはそばで見ていて、なんとなく妙な気がしやしてね」

「妙な気とは何でえ」

「棒鱈さんと浮舟さんはほとんど話をしなかったのですが、あたしは、ふたりはかつて知り合いだったのではなかろうか、という気がしたのです。長年こういう商売をやっていると、勘が働くのですよ」

甚四郎は話を聞きながら、富吉の勘はきっと当たっていたのだろうと思った。

伝吉が先をうながす。

「それから、どうした。宴席をもうけたのか、それとも床急《とこいそ》ぎか」

「棒鱈さんが酒は呑《の》みたくないと言うものですから、あたしは浮舟さんの部屋に案内したのですがね。いわゆる、床急ぎですな。とはいえ、浮舟さんはすぐには来ません。『廻《まわ》し』を取っていて、つまりほかの客人もいますから、そっちへ行っているわけです。

しばらくして、あたしが揚代《あげだい》を受け取りに行きましてね。棒鱈さんは布団に腹ばいになり、枕元に煙草盆を置いて、煙管で煙草をくゆらせていましたな。

『揚代を、いただきやす』

『うむ、いくらだ』

『浮舟さんは部屋持ですから、金二朱でございます』

あたしがそう言うと、棒鱈さんはすんなり二朱を払ってくれましたよ。浮舟さんが姿を見せないことに怒りをぶちまけたり、嫌味を言われるのではないかと案じていたのですが、そんなことはありませんでした。

『花魁はもうすぐ来るはずですから、少々、お待ちを』

あたしがそう言うと、棒鱈さんは鷹揚《おうよう》にうなずいていましたね。

その後、あたしはほかの客人の世話もあり、バタバタしていたのですが、引け四ツ（午前零時頃）を過ぎたころ、浮舟さんが棒鱈さんの寝床に行くのを見ております」

「ふうむ、浮舟はほかの廻しの客をすませてしまい、最後に棒鱈のところに行ったようだな。棒鱈のほうも、浮舟が最後に自分のところに来ると信じていたのであろうよ」

伝吉が読み解く。

それを聞きながら、甚四郎は自分に吉原体験がないのを痛感した。やはり、肝心なところがわかっていないのを自覚する。

「烏カアと鳴いて、夜が明けましてね、明六ツ（午前六時頃）の鐘の音が響く中、棒鱈さんがひとりで階段を下りてきたのです。あたしは浮舟さんが見送りに来ないのに驚きましてね。

『花魁《おいらん》はどうしたのです。お見送りもしないとは』

『いいから、いいから。寝かせてやっておくれ。ぐっすり寝ているから』

それを聞いて、あたしは自分の勘が当たっていたと思いましてね。浮舟さんはかつて因縁のあった男と再会して燃え上がり、本気で気をやった。その後は寝物語をして明け方まで起きていたため、泥のように眠り込んでしまったのだ、と思ったのですよ。

『棒鱈さん、花魁をよほど、よがらせたようですな。初会で花魁を殺すなんぞ、憎いね』

そんな言葉をかけながら、履物の草履を出してやり、棒鱈さんを送り出したのです。あたしは冗談で『殺す』と言ったのですが、本当でした」

富吉がそこで口をつぐんだ。

一瞬、眉《まゆ》をひそめたあと、急に表情が明るくなる。

莞爾《かんじ》として笑いながら、甚四郎に言った。

「思い出しやしたよ。見送るとき、棒鱈さんは左手を袖《そで》の中に入れていました。そのときはさほど気にとめていなかったのですが、今思うと、手の甲の傷に手拭《てぬぐい》を巻くなどしていて、それを隠していたのですな」

「うむ、よく思い出してくれた。それから、どうした」

「客人が次々とお帰りですから、あたしも大忙しでしてね。浮舟さんのことも忘れていたのです。ところが、まもなく五ツ(午前八時頃)というころになっても浮舟さんが姿を見せないものですから、あたしもさすがに気になり、廊下から、

『花魁へ、浮舟さん、花魁へ』

と声をかけたのです。でも、返事はありませんでね。

そこで、障子をあけると、屏風《びょうぶ》がぴたりと閉じられています。あたしも胸騒ぎがしたものですから、

『花魁、開けますぜ』

と声をかけながら、強引に屏風を開いたのです。すると、浮舟さんが仰向けに倒

れていました。ひと目見て死んでいるとわかりましたが、いちおう頬に手を当ててみました。冷たかったですな。

ほかの客人に見られないよう屏風と障子を閉じておいてから、あたしは階段を駆け下り、内所に知らせました。

旦那さまはすぐに二階にあがり、浮舟さんの部屋に行きました。旦那さまとあたしで室内をざっと調べたのですが、そのとき、これが落ちているのを見つけました」

富吉がふところから煙草入を取り出した。

ひと目見て、伝吉が言った。

「ほう、布は唐桟《とうざん》じゃねえか。唐桟は長崎渡りだぜ。ふ〜む、持ち主は金のある通人というところか」

「しかし、煙草入を忘れていくなど、いかにも迂闊《うかつ》と言おうか、作為と言おうか……」

甚四郎はうっかり落とした、あるいは忘れたというより、故意に残されていたのではあるまいかという疑いを持った。とすれば、ほかに嫌疑を向けさせるためかもしれない。

富吉が妓楼の事情を説明する。

「客人が帰るとき、花魁は背後から羽織を着せかけてやりながら、別れがつらいなどとささやきます。手練手管《てれんてくだ》というやつですな。ところが、棒鱈さんはひとりで着付けをしましたからね。しかも、あわてていたでしょうから」

「ふうむ、そうなのか。では、うっかり煙草入を落とし、気づかなかったのも充分ありうるな」

「妙な刺繡《ししゅう》がありやすぜ。何かの呪文ですかね」

伝吉が煙草入の蓋《ふた》を開き、裏側を見ながら言った。

甚四郎は伝吉が示す蓋の内側をながめる。

ひと目見て、すぐにわかった。

「それはオランダ文字のＶＯＣだ。オランダ東インド会社の略で、印章でもある」

かつて芝蘭堂で、いろんな器具にＶＯＣの印章が付いていたのを目にしたものだった。甚四郎はこんなところで蘭学の知識が役立つと思うと、笑みが浮かびそうになったが、ぐっとこらえる。

「へえ、そうなのですか。富永さまはオランダ文字も読めるのですか」

伝吉はしきりに感心していた。

甚四郎としては、やや面映《おもは》ゆい。

同じく感心していた富吉が、ようやく話を締めくくる。

「旦那さまは浮舟さんの死体を見たあと、殺されたのは明らかですから、面番所にお届けすることに決めたようです。

そこで、あたしとは別な若い者が面番所に走り、ご検使をお願いしたわけです。これが、あたしが知っているすべてでございます」

「最後に聞きたい。浮舟の親元は知っているか」

「親元は知りませんですな。お武家屋敷にご奉公していたと、自慢しているのは聞いたことがありますが」

甚四郎は内心で、えっと叫んだ。

念のために投げかけた質問だったが、こうも見事に的中しようとは。

（浮舟は、中村勘解由の世子である沢之助を生んだお政だった……）

胸の鼓動が早くなる。

「浮舟は何歳だったのか」

「たしか十九だったたと思いましたが」

さらに胸の鼓動が早まる。

（年齢もほぼ符合する。お政か……。いや、そううまくいくはずがない。落ち着け、

落ち着け）

自分で自分に言い聞かせ、興奮を悟られないよう、甚四郎がさらに尋ねた。

「奉公先の屋敷は知っておるか」

「いえ、そこまでは。大名小路《だいみょうこうじ》にある、お大名のお屋敷だったとか、聞いたことがございますが」

「そうか。浮舟の本名は知っておるか」

「たしか、お初《はつ》でした。そういえば、実家は大店《おおだな》で、行儀見習いのためお大名屋敷に奉公に出たとか、聞きました」

甚四郎は全身から力が抜けるのを覚えた。

奉公先も本名も、実家も違う。お政ではなかった。

そう簡単にわかるはずはないと思いながらも、甚四郎はやはり少なからぬ落胆を味わった。同時に、ひそかに安堵《あんど》のため息をつく。

もし、お政だったら、この時点で内与力の青木長十郎から命じられた任務は失敗に終わっていたのだ。

＊

三人が内所に戻ると、すでに弥左衛門は楼主の定位置に座っていた。

弥左衛門の背後に、縁起棚と呼ばれる棚がしつらえられている。縁起棚に金精神《こんせいじん》と呼ばれる、張子でできた巨大な陰茎が祀《まつ》られているのが見えた。

妓楼では毎朝、楼主夫婦以下、遊女や若い者などの奉公人が金精神に手を合わせて拝み、商売繁盛を祈るのだ。

富吉から報告を聞き終え、弥左衛門が甚四郎に言った。

「ほう、さようでしたか。あの煙草入は手掛かりになりそうでございますな」

「この煙草入は拙者がしばらくあずかりますが、よろしいですかな」

「かまいませんですぞ。どうぞ、お持ちください。

ところで、お調べで棒鱈さんがどこの誰だかわかれば、あたくしどもにお知らせいただければ有り難いのですが。できれば、お召し捕りになる前に、お願いします。内済《ないさい》にできれば、お上のお手を煩わすこともないかと存じまして」

弥左衛門が持ってまわった言い方をした。

甚四郎は意味がわからず、答えようがない。

伝吉が代わって言った。

「わかりやした、すぐにお知らせしやすよ」

甚四郎は岡っ引の独断専行のような気がしたが、ここは黙っていることにする。

あとで、伝吉の真意をただすつもりだった。

着物の裾《すそ》を尻《しり》っ端折《ぱしょ》りした若い者が、板敷きの端で声を張り上げた。

「旦那さま、これから運び出しやす」

「うむ、頼むぞ」

返事をしたあと、弥左衛門が甚四郎と伝吉に視線を向ける。

「浮舟の遺体を、三ノ輪《みのわ》の浄閑寺《じょうかんじ》に運びます」

ふたりはうなずいたあと、

「では、これで」

と、一礼して立ち上がり、出口に向かう。

出口まで見送りに来た富吉が、

「旦那さまからです」

と、小声で言いながら、甚四郎と伝吉の袂《たもと》に懐紙の包みをすべり込ませた。

（三）

京町一丁目の表通りから仲の町に出ながら、富永甚四郎が眉《まゆ》をひそめた。

「若い者が何やら渡してきたが」

「おそらく南鐐《なんりょう》でしょうな」

伝吉がこともなげに言った。

南鐐は、南鐐二朱銀のことである。

甚四郎はやや憤然とした。

「袖《そで》の下か。妓楼から袖の下など受け取るわけにはいかぬぞ。これから引き返して、突き返すべきではないか」

「旦那、そんなことをすれば、事を荒立ててしまいますぜ。これはまあ、お土産のようなもので、いわば挨拶《あいさつ》です。黙って受け取ることで、うまくいくのですよ」

伝吉は「富永さま」ではなく、いつしか「旦那」と呼ぶようになっていた。ぞんざいになったのではなく、むしろ検屍を通じて一目置くようになったことの表れであろう。親近感を深めているのも間違いあるまい。

「ふうむ、そうか。では、もう何も言うまい。受け取っておこう。ところで、浄閑寺は投込寺《なげこみでら》のことか。吉原の遊女は死ぬと投込寺に運ばれ、墓地に掘られた穴に投げ込まれて終わり、と聞いたことがあるが」

「穴に投げ込まれるは、ちょいと大げさですがね。墓標も何もないのはたしかですぜ。土に埋められて、一巻の終わりですよ」

「楼主の弥左衛門が、棒鱈の正体がわかったら召し捕る前に知らせてくれとか申しておったが、僭越《せんえつ》ではないか」

「煙草入の印章がオランダ由来なのを、旦那が見抜きました。それを聞いて、弥左衛門は考えを変えたのですよ」

「拙者は理解できぬのだが」

甚四郎は自分に原因があると指摘されている気がして、やや途方に暮れた。

伝吉はニヤニヤしている。

「弥左衛門は棒鱈、あるいは棒鱈の親が金を持っていると踏んだのでしょうな。考えてみてください。叶屋は年季途中の花魁《おいらん》を失い、大損ですぜ。下手人の棒鱈が召し捕られ、首を刎《は》ねられても、叶屋は得るものは何もありませんからね。そこで、内済に持ち込みたいに違いありやせん。要するに、金による解決ですな。

叶屋は棒鱈から金をふんだくり、損失を補いたい。棒鱈にすれば、金を払うことで処刑を免れるわけですな。いっぽう、お奉行所も叶屋と棒鱈が内済すれば、お裁きや処刑の面倒はなくなりますぜ」

「その理屈は、わからぬわけではない。しかし、われらの独断で了承するのは、まずいのではないか。やはり、原田さまに相談しなければなるまい」

「へい、そのときはもちろん、原田の旦那の承諾を得なければなりませんがね」

いつの間にか、面番所は目の前だった。

格子窓から原田修理がこちらを見ている。大門の出入りを見張るという役目は、きちんと守っているようだ。

＊

原田は体を斜めに向けて、甚四郎と伝吉の報告を聞いていた。体を斜めにしているのは、視線を完全には大門からはずしてしまわないためである。視界の一角にはつねに大門が入っていることになろう。

聞き終えるや、原田が言った。

「二十二、三歳の裕福そうな色男。手がかりは陰毛一本、左手の甲に引っかき傷、そして煙草入か。もちろん、叶屋の富吉に面通しをさせればすぐにわかるのだが、まさか江戸中を歩きまわって棒鱈をさがさせるわけにもいかぬからな。それこそ、何年かかるかわからぬぞ。

というところで、いまのところ、この煙草入がもっとも有力な手がかりだな」

原田は蓋《ふた》の裏に刺繍《ししゅう》されたVOCをながめていたが、甚四郎に視線を向けた。

「おい、棒鱈は蘭学を学んでいるとは考えられぬか」

「はい、私も最初、そういう疑いを持ちました。しかし、自分が蘭学を学び始めたころを思い出したのです。

オランダ文字の読み書きできるのがうれしくて、とにかく書いてみたいのです。私は教本や帳面など自分の持ち物に、やたらとオランダ文字でジンシロウと記し、悦に入っていたものでした。芝蘭堂の友人たちも、やはり自分の名をオランダ文字で記した者が多かったようです。

それを考えると、VOCはあまりに幼稚です。蘭学を学んだというより、オランダ船が長崎に持ち込んだ品々が身近にある人物ではありますまいか。ちょいと気取って、VOCを真似て刺繡させたという気がしないでもありません。いわば、見栄ですね。もしかしたら、VOCの意味もよくわかっていなかったかもしれません」

「ふうむ、なるほど、なかなか説得力があるな。とすると……。

おい、伝吉、オランダ船が長崎に運んできた品々を置いている店を知っているか」

「旦那、わっしはそんな店には縁がないですからね。知りやせんよ。少なくとも吉原にはないですぜ」

伝吉は困り切っている。

甚四郎が言った。

「浅草に顕微鏡や、蘭方の手術の器具などを扱う店があり、私も何度か行ったことがあります。しかし、いわば特殊な品々で、一般の人々が趣味で求めるような物は置いておりません。

もっぱらオランダと清《しん》(中国)の船が長崎にもたらした文物を扱う店と言えば、唐物屋《からものや》ではないでしょうか」

「そうだ、唐物屋だ。いいところに気づいてくれた」

原田が膝《ひざ》を打った。

続いて、甚四郎に問う。

「江戸に何軒くらい唐物屋があるか、知っておるか」

「せいぜい三、四軒ではないでしょうか」

「よし、それなら、まわれるな。

おい、伝吉、てめえ、明日《あした》から江戸の唐物屋を残らず調べろ。

左手の甲に包帯を巻いている男がいないか、それとなくさぐれ。もし見つかれば、叶屋の富吉を首に縄をかけてでも引っ張っていき、物陰から首実検させろ。富吉が顔を見て、

『棒鱈さんです』

と認めれば、それで決まりだ」

甚四郎はそばで聞きながら、原田の指示の的確さに舌を巻いた。平生は茫洋《ぼうよう》としているが、実際は鋭利で辣腕《らつわん》のようだ。

はっとした。

(ここは、俺が動くべきではなかろうか)

唐物屋はたいてい日本橋《にほんばし》の周辺にあった。日本橋は、伝吉の住む浅草元吉町より、八丁堀の方がはるかに近い。しかも、伝吉は唐物にはうといであろう。

甚四郎は芝蘭堂で学んでいたころ、唐物屋にはよく行っていたので、ほとんどの

店は知っていた。

唐物屋通いはオランダの文物へのあこがれからだったのだが、金がないため、もっぱら手に取り、ながめるだけだった。

「原田さま、唐物屋は私が調べましょう。ほとんどの唐物屋は知っておりますので」

「ほう、そうか。貴殿が行ってくれると助かる。で、いつ、行く」

「明日は石井道場なので、明後日《あさって》、まいります。おそらく一日で、すべての唐物屋をまわれるはずです」

「よし、では棒鱈を見つけたら、富吉だけでなく、伝吉も連れていってくれ。やはり召し捕るときは、伝吉がいた方がよい」

「はい、そういたします」

甚四郎にしても、捕物は初めてである。

やはり老練な岡っ引が必要だった。

「ところで旦那、叶屋の主人の弥左衛門は、腹に一物あるようですぜ」

伝吉が弥左衛門の思惑を原田に告げる。

原田はすぐに楼主の意図を理解したのか、

「なるほど、内済を狙っているのか」

出していた。

と、苦笑した。

甚四郎は窓の前に座り、大門の人の出入りをながめながら、唐物屋の場所を思い

（四）

「手首の逆を取って固めたまま、相手を連行する技じゃ。わしの右手をつかんで、抵抗してみなさい」

道場主の石井与兵衛が言った。

富永甚四郎は左足で進み、左手で与兵衛の右手首をつかむ。

捕縛術を教授する石井道場である。

柔術を応用した、敵を取り押さえ、連行する技の手ほどきを受けていたのだ。

右手首を押さえられた与兵衛は右足で進みながら、右手を外から回し、左手を添えた。そして、左右の親指を支点にして、甚四郎の左手首を逆にねじる。あっという間に、左手首は逆に決められていた。

その痛みに、たまらず甚四郎は上体をかがめた。

与兵衛は甚四郎の左手首を胸元に引きつけると同時に右足を後ろに引き、左足で脇腹を蹴《け》った。もちろん、力を加減していたが、甚四郎は脇腹を蹴られてウッと息が詰まった。

流れるような動作で、与兵衛が甚四郎の左腕を脇から巻き込む。

痛みに耐えかね、甚四郎は脳天を上から引っ張りあげられるように棒立ちになった。

はたから見たら、何とも奇妙な光景に違いない。ふたりの男が体を密着させて横並びになっているが、一方は左手を上にあげ、姿勢を正して硬直している。もう一方は両手で相手の左手首と肘《ひじ》をがっちりと固めていた。

「さあ、歩いてもらうぞ」

与兵衛が道場の床の上を進む。

それに押されるかのように、同時に引かれるかのように、甚四郎は与兵衛の動きに合わせて進んだ。というより、進まざるを得なかった。左手首を逆に取られているため、へたに拒めば、骨折しかねなかったのだ。

「こうすれば、相手を意のままに歩かせることができます」

「はい、よくわかりました」

甚四郎はフーッと息を吐き、体の緊張を解きながら答える。

与兵衛が手を離した。

「では、攻守を代えてやってみるぞ」

今度は、甚四郎が師の左手首を決めて連行する側である。

ふたりの稽古が続く。

たまたまほかの門人がいなかったため、甚四郎は与兵衛からつきっきりの稽古を受けていたのだ。

稽古後、与兵衛に、

「ちと、話でもせぬか」

と誘われ、甚四郎は道場横の小座敷に向かい合って座った。

下女が茶を出した。

茶をすすりながら与兵衛が言う。

「ここでの稽古は仕事に役立っておるか」

「今のところ、とくに仕事では役立ってはおりませぬ。というより、私が役立てるような任務ではないと言う方が正しいのでしょうが」

甚四郎は面番所に詰めているだけですからと言いそうになるのを、かろうじてこらえた。

そんな弁解は自嘲《じちょう》になるであろう。

与兵衛が静かに言った。

「わしは与力のころ、何度か捕物出役をしたことがある。火事羽織に野袴《のばかま》、陣笠《じんがさ》をかぶり、腰には両刀、右手には指揮十手を持つという、じつに勇ましいいでたちでな。しかし、刀を抜いたことは一度もなかった。実際に捕物で働いたのは小者たちだ。

刀を振り回す凶悪な盗賊もいたが、小者たちが突棒、刺又、袖搦《そでがらみ》の三道具や、梯子《はしご》、六尺棒などを用いて召し捕った。小者たちはじつに勇敢だぞ。指揮をしていたと言えば聞こえはいいが、実態はわしは威張って、ながめていただけだ。

捕物出役の同心も似たようなものだな。実際に働くのは小者たちだ。

だからといって、わしは与力や同心が捕縛術の稽古などしなくてもよい、とは思わぬぞ。

もし、凶悪な男が刀で小者たちの包囲を蹴散《けち》らして、目の前に飛び出してきたとき、与力や同心が腰を抜かしていては、それこそ大恥じゃ。小者たちの手前、示しがつかぬ。そんなときこそ、やはり刀を抜く気構えがなくてはならぬ。いざというときの気構えを養うのが、武芸の稽古と言えよう。そなたにも、いざというときが来るかもしれぬ」

「はい、よくわかりました。兄も、それを理解して稽古していたのでしょうか」

「うむ、わかっていたと思うぞ。しかし、いまさらながら、栄太郎のことは残念だった。天稟《てんぴん》の才があり、しかも真摯《しんし》な努力をする男だった。わしは男の子がいないので、栄太郎を養子に迎えたいと思ったほどじゃ。長男と知って、養子の件は断念したがな。

それでも、わしは栄太郎を師範代にしようと考えていた。それを言い出す矢先だった。

たとえ武芸十八般を修得して名人上手になっても、病魔には勝てぬということじゃな」

与兵衛がしみじみと言った。

人が来た気配がある。立て続けに、数人が稽古に現れたようだ。

（五）

石井道場から富永甚四郎が戻ると、なんとなく屋敷内に人の気配がない。

甚四郎の足音を聞きつけ、前垂れ姿の下女があわてて現れた。

「お帰りなさいませ。

申し訳ございません、貸本屋の善七《ぜんしち》さんが来ておりまして、ご隠居さまも、ご新造さまも、勝手口の方にお集まりです」

「なんと、貸本屋が来ておるのか。ちょうどよかった、返さねばならぬ本がある」

甚四郎は急いで部屋に行くと、『傾城買四十八手《けいせいかいしじゅうはって》』を手に取った。山東京伝《さんとうきょうでん》作の、吉原を舞台にした戯作《げさく》である。

じつは、甚四郎はこれまで戯作を読んだことはなかった。

子供のころから読書には親しんでいたが、読むのはもっぱら儒書や史書などの漢籍だった。芝蘭堂に入門してからは、ひたすら蘭学や蘭方医術の書籍を読みふけってきた。

面番所に詰めるようになり、屋根舟の中で雑談をしているとき、原田修理が何の拍子だったか、山東京伝の吉原を描いた戯作は面白いと同時に、なかなか為になると口にした。

それが耳に残っていたため、甚四郎は貸本屋が屋敷に来たとき、

「山東京伝という戯作者が吉原について書いた本を持ってきてくれぬか」

と頼んだ。

そして、善七が最初に持参したのが『錦之裏《にしきのうら》』（寛政《かんせい》三年）だった。

甚四郎は一読して、驚嘆した。世の中にこんな面白い本があったのか、というのが正直な感想だった。吉原の遊女の生態が生き生きと、微に入り細にわたって描かれているのも興味深かった。

すっかり気に入った甚四郎は、『錦之裏』を返却するとき、

「もっと山東京伝の吉原物を頼む」

と告げた。

そして、次に善七が持参したのが『傾城買四十八手』（寛政二年）だったのだ。

勝手口の上がり端に腰をおろした善七の横に、縦長の大きな木箱が置かれていた。また、そばには数冊の本が並べられている。

甚四郎に気づき、善七が頭を下げた。

「これは旦那さま」

「お帰りなさいませ。気が付きませんで、申し訳ございません」

妻のお八重が振り向き、申し訳なさそうに言った。

父の左京と母のお柳は、

「わしらはもう、終わった」

「あとは、そなたの好きなように」

と、立ち上がる。

それぞれ、新たに借りた本を手にしていた。

甚四郎が『傾城買四十八手』を渡す。

「これは返すぞ」

「へい、いかがでしたか」

「うむ、面白かったぞ」

善七は受け取った本の状態をざっと点検したあと、木箱から別な本を取り出した。

「今日は、これをお持ちしました。やはり京伝の作で、吉原を舞台にしております。本当は最初にお持ちしたかったのですが、人気がございましてね。なかなか返ってこなかったものですから、今日になりました」

勧めてきたのは、『通言総籬《つうげんそうまがき》』（天明《てんめい》七年）だった。

これまでの三冊の中では、刊行年が一番古い。

「うむ、借りよう。京伝の作なら、間違いなく面白いであろう。

おや、それは、そなたが返す本か」

甚四郎は妻の膝《ひざ》のそばの本に目をとめた。表紙に『世間胸算用』とある。

さらに、膝の上にも『日本永代蔵』と題した本がある。

「ほう、『世間胸算用』を読み終え、今度は『日本永代蔵』を借りるのか。どんな本だ」

「いえ、あたしが読むものなど」

お八重は頰を染め、膝の上の『日本永代蔵』を、あわてて手で隠した。

善七が代弁する。

「『日本永代蔵』（貞享《じょうきょう》五年）と『世間胸算用』（元禄《げんろく》五年）は、井原西鶴《いはらさいかく》の作でございます。ともに町人の商売をやっていく上での苦労や工夫を描いておりましてね」

甚四郎は妻が本好きなのは知っていたが、西鶴とは意外な気がした。

もちろん、西鶴の作品は一冊も読んでいなかったが、低俗な内容と思い込んでいた。

「隠さんでもよいではないか」

「でも、恥ずかしいですから」

「隠すと、春本でも借りたのかと思うぞ」

甚四郎が軽口を叩《たた》く。

お八重がますます頬を赤らめた。

「まさか。いやですね、善七どのの前で」

「旦那さま、あたしどもは枕本も扱っておりますよ。本箱の下の方に隠してお持ちするのですがね」

「ほう、春本は枕本というのか」

「じつは、ここ八丁堀のお屋敷でも枕本の人気は高いのですよ。どこのお屋敷かは申せませんが、

『新版の枕本があれば持ってこい』

と、新版を楽しみにしている方がいらっしゃいますよ。いや、熱心なことでしてね。

もしよろしければ、あたしが見つくろって次回、枕本をお持ちしましょうか」

「おい、この場の顔ぶれを考えろ。拙者が『ぜひ頼む』と言えるわけがなかろう」

大笑いになる。

お八重も下を向き、手で口をおおって笑っていた。

善七が本をすべて本箱に戻した。そのあと、大風呂敷《おおぶろしき》で本箱を包み、背中にかつぎ上げる。

「よっこらしょ。では、これで失礼いたします」

次の得意先に向かうのだ。

＊

甚四郎とお八重は借りた本を置くため、連れ立って夫婦の部屋に行った。

なんとなく、ふたりで向かい合って座った。

考えてみると昼間、ふたりきりで部屋で話をすることなど、ほとんどない。まして、本を話題にしたことは一度もなかった。

甚四郎が西鶴について尋ねた。

「どんな本なのだ」

「あたしは武家の生活しか知りません。西鶴が描く商人の世界に、目から鱗《うろこ》が落ちるといいましょうか。これまで、どちらかというと商人を見下しておりましたが、見方が変わりました。

毎日が真剣勝負という意味では、商人の方が武家よりもはるかにきびしいかもしれません」

「ふうむ、そなたが感心するほどなのか。では、俺も西鶴を読んでみようかな。『日本永代蔵』を読み終えたら、貸してくれ」

「では、できるだけ急いで読まねばなりませんね。

ところで、京伝はどうなのですか」

「役目の参考になるかなと思って読み始めたのだが、これが滅法、面白い。俺も武家の生活しか知らなかったからな。妓楼《ぎろう》や遊女の世界を外からだけでなく、中から見ることができて、それこそ目から鱗が落ちる思いがする」

「では、読み終えたら、あたしにお貸しください」

「うむ、では、急いで読まねばならぬな」

おたがいが同じことを言う。

ふたりは顔を見合わせて笑った。

「面番所で夜、本を読めるとよいのだが、そうもいかなくてな」

「実家にいたころ、行灯《あんどん》をともして本を読んでいて、油がもったいないと、母によく叱られたものでした」

「どんな本を読んでいたのか」

「貸本屋はまわってきていませんでした。かといって、本屋で新刊はとても買えませんから。屋敷にあった本を片っ端から読んでいました。いまでも覚えていますが、恋川春町《こいかわはるまち》作の『鸚鵡返文武二道《おうむがえしぶんぶのふたみち》』を読んだのがばれ、

『奉行所の役人の娘がこんな本を読んではいかん』

と、父にこっぴどく叱られたことがありました。あの戯作《げさく》は、ご老中・松平定信《まつだいらさだのぶ》さまのご改革を風刺したものだそうですね」

「しかし、屋敷にあったということは、そなたの父上も読んでいたことになろう」

「はい、父もこっそり読んでいたのでしょうね」

「ご改革では、山東京伝はみだらな本を刊行したとして、手鎖の刑に処せられたそうだぞ。その京伝の戯作を、いま奉行所の役人の俺は面白がって読んでいる」

またもや、ふたりで顔を見合わせて笑った。

夫婦の間で読書談議がはずむ。

祝言をあげて以来、甚四郎はもちろんお八重と肌は合わせていたが、心の奥底に微妙な引け目がわだかまっていた。本来は兄の妻となるべき女と寝ているという、一種の背徳感である。

さらに、お八重もそういうわだかまりを持っているのであるまいかと、つい想像してしまう。

その結果、心に目に見えない垣根があったのだ。

だが、甚四郎はお八重と読書談議をしているうちに、いつしかそうした垣根が取り払われていく気がしていた。

第四章　武家屋敷

（一）

最初の二軒は無駄足だった。

大伝馬町《おおでんまちょう》二丁目の肥前屋《ひぜんや》は、富永甚四郎にとって三軒目の唐物屋になる。

（唐物屋とみたが、はずれだったかな……）

やや自信がなくなりかけていた。

しかし、こうした探索は初めての経験なのだ。繰り返して慣れていくしかないと、自分に言い聞かせる。

甚四郎は単衣《ひとえ》羽織に袴《はかま》の姿で、腰に両刀を差していた。いわゆる「八丁堀の旦那《だんな》」のいでたちではないため、若い幕臣に見えるであろう。

供の文蔵は御用箱ではなく、風呂敷《ふろしき》包みを首からからげていた。じつは携帯するような荷物は何もなかったのだが、武士の供が手ぶらなのも不自然である。そこで、妻のお八重の発案で、台所にあった空の木箱を風呂敷《ふろしき》に包んだのだ。

甚四郎は通りに立って、店をながめた。かつてのぞいたときと、さほど変わった様子はない。

軒先に掛かった看板には

異国新渡奇品珍物類
肥前屋

と書かれていた。

店にはいかにも清から渡ってきたらしい大壺《つぼ》や、西洋の椅子、ガラス製のコップや瓶などが所狭しと並べられている。竹筒には孔雀の羽が多数、挿されていた。のぞき眼鏡も置かれていた。箱の中に何枚かの絵を入れ、これを順に転換させ、箱の前方の眼鏡を通してのぞかせる、一種のからくりである。

さらに、遠眼鏡も陳列されていたが、顕微鏡はないのを見て取ったあと、甚四郎は肥前屋の店先に腰をおろした。

「いらっしゃりませ。何か、おさがしですか」

手代らしき男がさっそく声をかけてきた。

甚四郎は、棒鱈は手代ではあるまいと思った。吉原で花魁《おいらん》を買うのは、手代にはとうてい無理である。番頭では可能だろうが、棒鱈の年齢である二十二、三歳に合わない。となると、該当するのは、いわゆる若旦那《わかだんな》であろう。

甚四郎が手代に言った。

「顕微鏡を見せてほしいのだが」

「あいにく、顕微鏡は置いてございません」

「そうか、う～ん、残念だな。顕微鏡について、いろいろ教えてほしかったのだがな」

「あたくしでは、よくわかりませんので。では、あたくしどもの若旦那を呼びましょう」

手代が立って、いったん店の奥に入った。

しばらくして、羽織を着た二十二、三歳の端整な顔立ちの男が出てきて、甚四郎の前にきちんと正座した。

甚四郎はすぐ、男の左手に包帯が巻かれているのに気づいた。だが、視線をそらし、気づいていないふりをする。それでも、胸の鼓動が早くなった。

（落ち着け、落ち着け、悟られてはならんぞ）

甚四郎は自分に言い聞かせる。

男が柔和な笑みを浮かべた。

「あたくしは慎之介《しんのすけ》と申します。お武家さまは顕微鏡についてお知りになりたいとか」

「うむ、顕微鏡を用いれば目に見えない小さな物でも、大きく見えると聞いたが、本当か」

「はい、あたくしは大坂《おおさか》で実際に顕微鏡をのぞいたことがございます。器《うつわ》に入れたきれいな水を顕微鏡で見ると、小さな虫がうじゃうじゃいて、びっくりしたことがございました」

「ほう、そなたは顕微鏡をのぞいたことがあるのか」

甚四郎が感心したように言った。

じつは芝蘭堂で、師の大槻玄沢が所持する、オランダ渡りの高性能の顕微鏡を使ったことがある。そのため、甚四郎は清澄と見える水の中にもたくさんの微細な生物がいるのは知っていたが、そんなことはおくびにも出さない。

しばらく顕微鏡談議をしたあと、甚四郎は初めて気づいたかのように、

「おや、その手はどうした。怪我か」

と、さりげなく言及する。

慎之介は照れたように言った。

「これでございますか。じつは猫をからかっておりまして、爪でひっかかれました」

「ほう、雌猫か」

ふたりは顔を見合わせて笑った。

慎之介の笑顔にはまったく屈託がない。

甚四郎はこの男が花魁を絞め殺したなど、信じられない気がした。そもそも、あとで召し捕るかもしれない男と、こうしてにこやかに話をしていること自体、奇妙な感覚といえた。

その後、甚四郎は顕微鏡の値段を尋ねた。

慎之介の説明によると、オランダ渡りは目の玉が飛び出るほど高いものの、大坂の職人が真似をして作る顕微鏡はかなり安いとのことだった。ただし、筒は木製だという。

そのほか、しばらく話をしたあと、甚四郎は礼を述べて肥前屋を出た。

ぶらぶらと歩いたが、肥前屋から遠ざかると、甚四郎は急に足を速める。供の文蔵にも発破をかけた。

「おい、急ぐぞ」

行先は吉原である。

＊

甚四郎が大伝馬町二丁目に再び戻ってきたとき、供の文蔵はもちろん、岡っ引の伝吉と、叶屋の若い者の富吉も一緒だった。

吉原に着くや、文蔵が浅草元吉町に伝吉を呼びに行き、甚四郎は叶屋で富吉を呼び出した。そして、五十間道に集合したあと、四人で大伝馬町にやってきたのだ。

打ち合わせたあと、伝吉が言った。

「旦那は顔を知られていますから、わっしが行きやしょう」

「うむ、それがいいな。拙者は慎之介が裏から逃げる場合に備えて、肥前屋の勝手口を見張る。さいわい、慎之介の顔は知っておるからな、逃がしはせぬ」

「おい、富吉、てめえは隠れたところから顔をたしかめろ。もし棒鱈だったら、わっしに、大きくうなずけ」

「へい、かしこまりました」

配置が終わったのを見て、伝吉が肥前屋の店先に向かう。

「若旦那の慎之介さんはいるかね」

伝吉が手代らしき男に言った。

すると、すぐそばから、

「はい、あたくしですが」

と声がかえってきた。

店に出ていたようだ。

「おめえさんが、肥前屋の若旦那の慎之介さんかい」

「はい、さようですが、あなたさまは……」

伝吉がちらと横を見ると、富吉が大きくうなずいていた。富吉にこちらに来るよう合図しておいて、伝吉が言った。

「おめえさん、吉原の叶屋では棒鱈と名乗っていたな」

慎之介は顔から血の気が引いたが、

「え、何のことでしょうか。あたくしには、さっぱり」

と、懸命にとぼけようとする。

伝吉がやおら十手を取り出した。

いっぽう、富吉がそばに来た。

「棒鱈さん、よもや、あたしをお忘れではありますまい。叶屋の若い者です」

伝吉は慎之介が逃げようとしたら飛び掛かる構えをしていたのだが、その必要はなかった。

慎之介は富吉に呼びかけられた途端、その場で全身の力が抜けたかのようになっていた。

そのときには、甚四郎も姿を現す。

慎之介が甚四郎の顔を見て、小さく「あっ」と叫んだかのようだった。騙《だま》されたと思っているのかもしれない。

甚四郎は胸にかすかな痛みがあった。

伝吉が慎之介に縄をかけるのを見て、番頭らしき初老の男が飛び出してくるや、

「親分、ちょいとお待ちください。何かの間違いです。内の若旦那が何をしたというのでしょうか」

と、必死に取りすがる。

伝吉が言い放った。

「吉原の叶屋の花魁《おいらん》・浮舟を絞め殺した科《とが》だ」

今度は、番頭は慎之介に取りすがる。

「若旦那、何かの間違いですよね」

「本当だよ。あたしが殺したんだよ」

慎之介がすすり泣いた。

そのときには、奥から慎之介の両親らしき者も走り出てきて、肥前屋は騒然となっていた。

母親らしき女は、慎之介の名を呼びながら泣いている。

甚四郎はこうした愁嘆場は初めてであり、どう行動すればよいのか戸惑った。

だが、伝吉はもう慣れているようだ。

大勢の者に見守られながら、伝吉が、

「おい、さっさと歩け」

と、慎之介を引き立てる。

肥前屋から離れると、伝吉が言った。

「旦那はこのまま八丁堀のお屋敷にお帰りください。慎之介はわっしが吉原に引き立てていき、今夜は京町一丁目の自身番に拘留しやす」

「うむ、頼むぞ」

すでに、日は西に傾いている。

今日、甚四郎は大伝馬町と吉原を往復した。さすがに疲れを覚えていた。

「さいわい、明日《あす》は面番所に行くからな」

「へい、明日、原田の旦那と一緒に、慎之介を取り調べてくだせえ。とりあえず、今夜は自身番で過ごさせやすよ」

伝吉と慎之介、それに富吉は吉原に向かう。

甚四郎と文蔵は八丁堀に帰った。

（二）

簾《すだれ》を巻き上げているため、屋根舟の中は隅田川の川面《かわも》を渡る風が吹き抜け、涼しかった。

だが、山谷堀で下船して日本堤を歩き始めるや、すぐに全身が汗ばんでくる。

四ツ（午前十時頃）前だが、陽ざしは強かった。

富永甚四郎が面番所詰めになったとき、着物は袷《あわせ》だった。いまは、単衣《ひとえ》の着物に黒絽《くろろ》の羽織である。

原田修理も単衣の着物の衿をはだけ、

「この土手八丁を歩くのが、汗の元凶だぞ」

と、肌に風を当てた。

暑さに憤懣《ふんまん》を述べながらも、原田は機嫌がよかった。

というのも、船の中で、甚四郎が昨日、花魁・浮舟殺しの下手人として慎之介を召し捕り、京町一丁目の自身番に拘留していることを報告したからである。

日本堤から五十間道を下りていくと、途中に、ところてんや麦湯の屋台が出ていた。

面番所に着き、中に入ったとき、甚四郎は蚊遣火《かやりび》の匂いがこもっているのを感じた。一晩中、蚊遣火を焚《た》いていたのであろう。

職務上、面番所では蚊帳《かや》を用いることはできなかった。

いつもなら型通りの引継ぎをして、伊藤源八と竹内久造はそそくさと帰っていくのだが、この日は妙にぐずぐずしていた。何か心残りのようだ。

甚四郎はふたりの心理がなんとなくわかる気がした。三日前、自分たちが押し付けた叶屋の検使の結果が知りたいに違いない。

いっぽう、原田もそれがわかっているので、故意に何事もなかったかのような顔をしているのだ。

原田が黙っているので、ついに伊藤の方から口を開いた。

「先日、京町一丁目の叶屋から検使を求められておったが、どうなったのか」

「ああ、あれか。たいしたことはなかった。花魁が客の男に殺されただけだよ。初会の客で、名も商売も、住んでいるところもわからぬ。手がかりはまったくなかった。まあ、花魁は病死として投込寺に運んでもよかったのだがな。

こちらの富永どのが叶屋に検使に行った。富永どのは蘭方医術の心得があってな。蘭方を駆使して検屍をおこない、手がかりを発見した。

そして昨日、見事、下手人を召し捕った。大伝馬町の商家の若旦那だったよ。大手柄といえよう。

まあ、これから取り調べるところだがな」

「ほう、そうか」

伊藤と竹内が咎《とが》めるような目で甚四郎を見た。

原田はけろっとした顔をしているが、ふたりの鼻を明かした気分に違いない。

ふたりはむっつりした顔で帰っていく。自分たちの手落ちになりはしまいかと、心配なのであろう。

伊藤と竹内が出て行くのと入れ替わるように、岡っ引の伝吉が手拭《てぬぐい》で汗を拭《ふ》き拭き現れた。

原田が上機嫌で声をかける。

「おう、伝吉、ご苦労だったな」

「慎之介の野郎は自身番に拘留していますがね。さきほど、様子を見てきましたが、さすがにほとんど眠れなかったようですぜ」

「慎之介の実家の肥前屋の動きはどうだ」

「昨日は愁嘆場で、お袋は泣いていやした。あの調子では、肥前屋の主人か、あるいは番頭が必死の形相でこちらに向かっているはずですぜ。叶屋の主人と談判になるでしょうな」

「ということは、内済になるだろうな。内済になれば、慎之介を放免しなければならないが、その前に、いきさつだけは調べておきたい。

おい、伝吉、慎之介を面番所に連れてきてくれ。ここで、拙者と富永どのが取り調べる。そうすれば、面番所を空けなくてすむからな。

おい、新助、伝吉といっしょに行け」

「へい、じゃあ、慎之介の野郎を引っ張ってきやすよ」

伝吉が中間の新助とともに、京町一丁目の自身番に向かった。

＊

面番所に引き据えられた慎之介はやつれていたが、挙措《きょそ》にどことなく上品さが感じられる。やはり裕福な商家の若旦那といえよう。

左手に巻いていた包帯は取り上げられたのか、甲に大きな瘡蓋《かさぶた》ができているのが見えた。

原田が尋問する。

「肥前屋の倅《せがれ》の慎之介だな」

「はい、さようでございます」

「何歳か」

「二十二歳でございます」

「京町一丁目の叶屋の抱え遊女、花魁《おいらん》の浮舟を両手で絞め殺したのは、そのほうだな」

「はい、さようでございます」

「そのほうの左手の甲の傷は、浮舟の首を絞めたとき、爪でかきむしられてできたのか」

「はい、さようでございます」

「そのほうは初会だったそうだが、素人《しろうと》のときの浮舟を知っていたのか」

「はい、存じておりました。大伝馬町一丁目の木綿問屋・河内屋《かわちや》の娘のお初でございます」

「恋仲だったのか」

「はい」

慎之介の頬にかすかに赤みがさした。

原田がいつにない、やさしい口調で言う。

「そのほう、人を殺したらどうなるかは、わかっていよう。これが最後の機会かもしれないぜ。お初とやらのあいだに何があったのか、すべて話したらどうだ。胸の内に抱えたままでは往生できないぜ。そのほうの言い分を、ちゃんと聞こうじゃないか。場合によっては、そのほうの願いを、誰かに伝えてやってもよい」

「はい、ありがとうございます。では、すべてお話しいたします」

慎之介が涙声で言った。

そばで聞きながら甚四郎は、慎之介は肥前屋が内済に動こうとしているのは知らないことに気づいた。

原田は、慎之介が小伝馬町《こでんまちょう》の牢屋敷《ろうやしき》と処刑を覚悟しているのを前提で説得しているといえよう。その論法が巧妙なのに、甚四郎はひそかに舌を巻いた。

（三）

「お初は町内の常磐津《ときわづ》の稽古所《けいこ》に、三味線の稽古に通っていました。そのお師匠さんのところへ、あたしがちょっとした届け物をしたのが知り合うきっかけでした」

死を覚悟した慎之介が語り出した。

原田修理が問う。

「そのとき、ふたりは何歳だ」

「あたしは十七、お初は十四でした」

「ほう、初々しいな。その歳でちんちん鴨か。うらやましいぜ。その後は、どうやって会っていたのだ」

「お初付きの女中がいまして、常磐津の稽古にもその女中が供をしていました。あたしとお初は、その女中を通して手紙のやりとりをし、会う場所や時刻を伝えていたのです」

「なるほど、女中が仲立ちか。ところが、ふたりのあいだに何かが起きたわけだな」

「はい、お初がお大名のお屋敷に、ご奉公に上がることになったのです。もちろん、決めたのはお初の両親です」

富永甚四郎は聞いていて、内心、う〜んと、うなった。

武家屋敷の奉公の実態は知っていたのだ。

女の、いわゆる「お武家屋敷にご奉公」も、大きく分けてふたつあった。

ひとつは、裏長屋に住む貧乏人や貧農の娘の下女奉公である。住込みで、炊事洗濯掃除などの家事労働に従事した。最低限の衣食住は保障され、わずかながら給金ももらえる。武家屋敷でも商家でも、下女奉公の待遇や仕事内容に大差はない。

富永家の屋敷にも下女がいたが、江戸近郊の農村出身だった。

もうひとつは、大店《おおだな》や豪農の娘の女中奉公である。大名や上級旗本の屋敷で奥女中や腰元として奉公するものだが、「行儀見習い」などの名目で親の方から願って娘を送り出した。そのため、住込みで食住は保障されるものの無給であり、衣にいたっては親元が負担した。それどころか、娘が肩身の狭い思いをしないようにと、多額の小遣いまでも送り届けた。ひとえに、奉公を終えて実家に戻ったとき、娘に武家屋敷で奉公していたという箔《はく》が付き、良縁が得られたからである。

先日、北町奉行所の内与力・青木長十郎から行方の探索を依頼されたお政の場合は、まさに前者であろう。貧農の娘が旗本・中村勘解由の屋敷で下女奉公をしていたのだ。たまたま主人の手がついて、男子を出産した。

いっぽう、お初の場合は後者である。親は娘に箔を付け、有利な縁談をまとめたかったのであろう。

（ということは、お初の親が慎之介との仲を認めるはずはなかったであろうな。おそらく、河内屋が商売で関係を深めたい大店に狙いを定めていたはず）

大店や豪農ともなると武家と同様、子供の結婚は親が決める。いわば、家と家の政略結婚なのだ。

甚四郎は、慎之介とお初の関係はけっきょくは親に秘めた色事に過ぎなかったのだと思ったが、もちろん口にはしない。

「ほう、相思相愛の仲のお初が大名屋敷で奉公か。となると、もう、おいそれと会うことはできぬな」

　原田が評した。

　慎之介が話を続ける。

「はい、二年間のご奉公ということでした。お屋敷にご奉公に上がる前、あたしはお初に会ったのです。

『お父っさんとおっ母さんの言いつけには逆らえない』

　と、泣いておりました。

　そんなお初に、あたしは、

『二年間、待っている』

　と固く誓ったのです。口先だけでなく、あたしは本気でございました。

　ところが、あたしの身に大きな変化がおきたのでございます。

　これは、あとで番頭に知らされたのですが、お父っさんはあたしが町娘と忍び合っているのに気づいたようなのです。女郎買いならともかく、素人の女と色事に溺《おぼ》れていては、下手をすると大火傷《おおやけど》をしかねないとして、お父っさんはあたしを修業に出すことにしたのです。相手の女から遠ざけようとしたのですね。

　修業先は、本家筋にあたる大坂の唐物屋でした」

「ほう、江戸の別な店ではなく、上方《かみがた》とは思い切った決断だな。それで、おめえ、大坂に行ったのか」

原田が驚いて言ったが、甚四郎もこれで納得がいった。昨日、慎之介が大坂で顕微鏡を見たことがあると述べていたが、大坂の唐物屋で奉公していたときだったのだ。

「はい、お父っさんの命令ですから、従うほかはありません」

「大坂にはどれくらい、いたのか」

「三年間です」

「すると、おめえが江戸に戻ってきたときには、すでにお初はお屋敷から下がっていたはずだな」

「はい、しかし、河内屋にはいませんでした。お初の姿がないだけでなく、手紙の取次などをしてくれた女中も見かけないのです。

あたしは河内屋の丁稚に金を握らせ、ようやく聞き出しました。お初は男と駆け落ちしていたのです」

慎之介の言葉の語尾がふるえている。

甚四郎はここに至り、図式が見えてくる気がした。駆け落ちしたものの行き詰まり、けっきょくお初は男に売られてしまったのではなかろうか。だが、先走るのは禁物であり、原田に尋問を任せる。

だが、さすがに慎之介もしゃべり疲れたようである。

「ちょいと茶でも飲もう」

原田が言い、中間の新助と文蔵がみなの前に茶を出した。

慎之介は煙草を吸うのを許され、目を細めて煙管の吸口をくわえる。

＊

尋問が再開されると、原田がまず確認した。

「ちょいと、ここで整理しよう。おめえが江戸に戻ったとき、何歳か」

「二十歳でした。お初は十七歳です」

「駆け落ちの相手の男はわかっているのか。また、河内屋はお初の行方を追ったのではないのか」

「あたしが河内屋に出向いて問いただすわけにはいかないものですから、あちこちから話を聞き込むしかなかったのですが、それでもようやくわかりました。相手の男は呉服屋の次男坊で、清三郎《せいざぶろう》。道楽者だったそうです。河内屋は人を出してあちこち調べたそうですが、ふたりの行方は不明とのことでした」

「そして月日は流れ……と言いたいところだが、今年、おめえは二十二、お初は十九だな」

年齢を知って、甚四郎は驚いた。叶屋で検屍《けんし》したとき、浮舟ことお初を二十代なかばと思ったのだ。

原田が問い詰める。

「どうして、お初が吉原にいるのがわかったのか」

「吉原で噂を小耳にはさんだものですから、もしかしたらと思いまして」

慎之介の歯切れが急に悪くなった。

原田は聞き逃さない。

「おめえ、吉原で遊んでいたのか」

「はい、まあ、時々」

「ふうむ、そうか。大坂にいたころ、新町《しんまち》で女郎買いを覚えたのか」

「はい、人に誘われまして」

慎之介がうつむいた。

大坂の新町は江戸の吉原と同様、公許の遊廓《ゆうかく》である。

「べつに女郎買いを恥じる必要はねえぜ。それよりも、どういう噂を聞いたのだ」

「はい、宴席で幇間《ほうかん》がある遊女について、

『お大名のお屋敷で奉公していたのだが、男を作って駆け落ちし、あげくは吉原に売られた淫乱《いんらん》女がいる』

と、面白おかしく話しているのを聞きまして、もしかしたらと思ったのです」

「おい、しかし、そんな話がおめえの耳に入るなど、あまりに都合がよすぎないか。話ができすぎていると言おうか」

原田が疑わしそうに眉《まゆ》をひそめた。

甚四郎もやはり作為があるような気がした。

伝吉が口をはさむ。

「旦那、あり得ないことではありやせんぜ。妓楼《ぎろう》は進んでそんな噂を流すのです。助平な男は、そんな女と一度、ちんちん鴨をしてみたいと色めき立ちますからね。いや、立つのは『色めき』ではなく『へのこ』ですな」

原田が愉快そうに笑った。

さすがに慎之介は顔をしかめている。

甚四郎は、そうした女の経歴が男の好色な好奇心を刺激するのだと思った。いわば妓楼の宣伝であろう。

原田が慎之介をうながす。

「では、どうやってさがしたのだ」

「京町あたりの妓楼というほか、くわしいことはわからなかったものですから、京町一丁目と二丁目の妓楼の張見世を、順にのぞいていったのです。客がついていて張見世に出ていない場合もありますから、一回見ただけでは終わりません。数日、かかりました。

ついに、叶屋の張見世で見つけたのですが、信じられないと申しましょうか、確信が持てないと申しましょうか。半信半疑でした。あまりに変わっていましたから。白粉《おしろい》を厚く塗り、大行灯《おおあんどん》の明りで照らされていましたから、別人に見えました。しかし、じっと見ているうち、お初に違いないと思いまして、叶屋の若い者に尋ねると、浮舟という源氏名でした。それで、浮舟を買ったのです」

「お初はおめえのことがすぐにわかったのか」

「引付座敷で対面したとき、すぐにわかったようでした。しかし、その場では、おたがい何も言いませんでした」

「お初が寝床に来て、いきさつを聞いたわけだな」

「はい。最初はおたがい、詰《なじ》り合いましてね。おたがいが、相手が約束を守らなかったと思い込んでいましたから。落ち着いて話を聞き、段々、事情がわかってきました。

お初が河内屋に戻ってきたとき、かつてあたしとの間を取り次いだ女中はすでに店にいませんでした。そのため、あたしに連絡できなかったのです。いろいろと問い合わせるうちに、どこでどうねじ曲がったのか、あたしは肥前屋を出て、どこやらに婿《むこ》入りしたという噂になって耳に入ったようです。お初は裏切られた思いだったでしょうね。

いっぽう、お初が河内屋に戻ると、すぐに縁談があり、見合いをさせられたとか。お初は相手の男がいやで、いやでたまらなかったものの、相手は気に入ったらしく、着々と婚礼の話が進んでいく。

そんな折も折、清三郎という男と、どこやらでぼったり再会したのです。清三郎は呉服屋の倅《せがれ》でしてね。

呉服屋や小間物屋は千代田《ちよだ》のお城の大奥はもちろん、お大名屋敷の奥にも出入り

ができます。清三郎は、お初がご奉公していたお屋敷に出入りしていたため、顔見知りだったわけです。偶然、顔を合わせ、

『おや、お屋敷のお初さん』

『あら、呉服屋の清三郎さん』

というわけですね。その後、急速に仲が深まったようです」

慎之介が吐き捨てるように言った。

甚四郎は聞きながら、そういう経過があれば、男と女が急速に親密になるのもあり得る気がした。

原田は聞き役に徹している。

「ふうむ、女たらしの清三郎の登場か」

「お初が清三郎に胸の内を訴えたところ、

『じゃあ、一緒に逃げよう』

となり、駆け落ちしたそうです」

「まあ、駆け落ちはできたとしても、その後、どう生活していくかが肝心なところだろうよ」

「はい、まさに、おっしゃる通りです。清三郎は自分たちを受け入れてくれるあて

があったのですが、あてがはずれたようでしてね。

　やむなく、あちこちを転々としながら、持ち出した金は使い果たし、その後はお初の鼈甲《べっこう》の櫛《くし》などを売って生活していたものの、ついに行き詰まり、清三郎はお初を吉原に連れていき、叶屋に売ったのです。

　そのとき、清三郎はお初の兄と称して、身売り証文を取り交わしたようですがね。このことからも、清三郎が以前から吉原で遊んでおり、道楽者だったのがわかります。吉原の内情をよく知っていたのでしょうね。

　清三郎はお初に、

『必ず金を作って、迎えに行く。しばらく辛抱してくれ』

　と言い、納得させたとか。

　もちろん、迎えにはきていません。最初から、そのつもりはなかったのでしょう」

　慎之介の口調に怒りがにじんでいた。

　原田は火の消えた煙管《きせる》をもてあそびながら言う。

「なるほど、お初が清三郎と駆け落ちし、けっきょく吉原に売られた経緯はわかった。

　では、おめえはなぜお初を殺したのだ。久しぶりでちんちん鴨もしたのだろうよ。

おっと、言い訳は無用だぜ。こちらの富永どのは蘭方医術を修めていてな、お初の死体を検屍して、股座《またぐら》に男の陰毛が張り付いていたのを見つけた。おめえの陰毛なのは調べればわかるぜ」

「は、はい。けっして、言い訳は致しません。

あたしは、お初を吉原から抜けさせようと思ったのです。しかし、あたしには身請けをするだけの金はとうてい用意できません。そこで、河内屋に頼もうと考えたのです。両親は娘の駆け落ちに怒っていたとしても、吉原に売られているのを知れば、きっと救い出そうとするでしょうから。ところがお初は、

『お父っさんとおっ母さんに知られるくらいなら死ぬ』

と怒り、剃刀《かみそり》を取り出す始末でして。

さらに、お初は、

『清さんが迎えに来てくれる』

と言い張るのです。

あたしはそれを聞くと腹立たしいと言いましょうか、情けないと言いましょうか。

あたしが清三郎なんぞは信用できないと言いますと、お初は怒り狂いましてね、剃刀を振り回すものですから、あたしは取り押さえようとしたのです。そのときは、

あたしも必死で、無我夢中でした。いったい何をしていたのか、覚えていないのです。

はっと気が付くと、お初は動かなくなっておりました。もみ合っているうちに、知らず知らずに首を絞めてしまっていたようなのです」

話を聞きながら、甚四郎は事実と違うと思った。

お初の首に残った鬱血《うっけつ》は、慎之介が馬乗りになり、両手で首を絞めたことを示していた。一時的にカッとなったのだとしても、明らかに殺意があったのだ。

ふと、原田の視線に気づいた。その目は、黙っていろと告げている。

甚四郎は沈黙を守った。

原田がことさら神妙な顔で言う。

「ふうむ、男と女が必死で争い、誰も気づかなかった。おめえとお初は『だんまり』で、争ったことになるな。うむ、まるで芝居のようだな」

慎之介は目を伏せている。

原田の皮肉が痛いほどにわかるのであろう。

そこに、叶屋の主人の弥左衛門と供の富吉、それに肥前屋の番頭と供の手代が現れた。

「自身番に行くと、慎之介さんはこちらだとうかがったものですから」

弥左衛門が挨拶《あいさつ》した。

原田が答える。

「慎之介からいちおう、事情を聞き取っておった。浮舟が死に至ったいきさつはよくわかったぞ」

「さようでしたか。あたしどもは内済がととのいましてね。おたがい、内済の証文を取り交わしました。もう、これで解決でございます。死んだ浮舟も浮かばれることでございましょう」

「お上のお手を煩わせてしまい、申し訳ございませんでした」

肥前屋の番頭が深々と頭を下げた。

慎之介はまだ事情が呑《の》み込めないのか、当惑したように番頭の顔を見ていた。

（四）

肥前屋の番頭と手代にともなわれて慎之介が出て行くと、面番所は急に静かになった。というより、なんとなく重苦しい沈黙がただよっている。

富永甚四郎はいくつかの疑問があったが、この場で原田修理を詰問するのははばかられる。

やはり沈黙が気まずいのか、岡っ引の伝吉が、

「蚊がいやすね。早めに焚《た》いておきやしょう」

と独り言を言いながら、蚊遣火《かやりび》に火をつける。

陶器の豚の鼻から煙がただよい出した。

原田はしばし煙の行方を目で追っているようだったが、やおら甚四郎に視線を向けた。

「内済を成立させるため、肥前屋は叶屋にいくらくらい払ったと思うか」

「私はまったく見当がつかぬのですが」

「伝吉、てめえなら、見当がつくであろう」

「へい、ようがす、予想してみやしょう。

浮舟は花魁《おいらん》とはいえ部屋持でした。こうした場合、年季があと何年、残っているかが肝心なところでしてね。

妓楼《ぎろう》は、遊女が残りの年季で稼ぐであろう金額の補償を求めるのです。そのほか、迷惑をかけた詫《わ》び料があります。合わせて六、七十両というところではないでしょ

うか。

もし浮舟が花魁の最高位の呼出し昼三だったら、百両は超えていたと思いやすぜ」

伝吉は途中から、甚四郎に向かってしゃべっていた。

原田がうなずいたあと、甚四郎に言う。

「うむ、拙者も七十両くらいで内済が成立したと見ておる」

「内済が成立すると、あとは……」

「うむ、われら役人の出る幕はない。内済が成立すれば、役人は何もしなくてもよいのだ」

「はあ、さようですか」

「さきほどから、貴殿は釈然としない顔をしておるようだが、不満なのか」

「いえ、不満ではなく、疑問がありまして」

「どんな疑問だ」

「慎之介の述べた内容ですが、矛盾があるような気がします」

「ああ、慎之介の言い分か」

原田が愉快そうに笑った。

改めて甚四郎を見る。

「拙者は端《はな》から信じておらんぞ。考えてもみるがよい、お初は死んでいる。いわば死人に口なしじゃ。慎之介の言い分がすべてだからな。

とはいえ、慎之介の述べたことがまったくの嘘というわけではなかろう。大筋では、慎之介の言った通りだろうな。しかし、自分に都合の悪いことは隠しているであろうよ。つまり、自分の都合のよいようにしゃべっていたのさ」

「慎之介はお初ともみ合ううち、はずみで首を絞めてしまったかのように述べていましたが、検屍の結果からしても、考えにくいですね。明らかに殺意をもって首を絞めたのだと思いますが」

「ああ、その件か。もちろん、殺意があり、絞め殺したのさ。

では、貴殿は、なぜ慎之介が殺意をいだいたと思うか」

「お初が清三郎をあきらめきれないからでしょうか。お初への腹立たしさと、清三郎への憎悪が重なり、ついに殺意にまでなったのではないかという気がします」

「ふうむ、『中《あた》らずと雖《いえど》も遠からず』だな。清三郎をなおも信じているお初に、慎之介はじれったくなり、次第に怒りを募らせたのは確かであろう。

しかし、男と女の仲だぜ。けっきょく、最後は痴話喧嘩《ちわげんか》になったのよ。

おい、伝吉、てめえはどう思う。てめえの得意なところだろうぜ」

「へへ、痴話喧嘩なら、お任せを。

慎之介が清三郎をののしる。それにお初が反発し、清三郎をかばう……おたがい興奮し、まあ、最後はこんなやり取りでしょうな。

『自分が騙《だま》されたのが、まだわからないのか。あんな男のどこがいいのだ。人間の屑《くず》だぞ』

『おまえさんより、よっぽどいいわよ。おまえさんのときは感じなかったけど、清さんで、あたしは初めて感じたのよ』

いや、もしかしたら、こうだったかもしれないですぜ。

『おまえさんのへのこより、清さんのへのこの方がよっぽどいいわよ。大きくって、太くって、雁《かり》が高くて』

これを聞き、慎之介はカッとなって、お初の首を絞めたわけでさ。慎之介のへのこは皮被りで、短小だったのかもしれませんな」

伝吉は女の声色まで使った。

原田はニヤニヤしている。

「うむ、真に迫っていたぞ。てめえ、自分も女から似たようなことを言われたことがあるんじゃねえのか」

「へへ、耳が痛いですな」

甚四郎はふたりのやりとりを聞きながら、打ちのめされた気分だった。

自分が世間知らずであり、男女の機微にもうといのを痛感する。けっきょく、これまで武家屋敷で育ち、芝蘭堂で蘭学と蘭方医術を学んできたにすぎないのだ。

原田と伝吉が自分を教育しているのを、いまさらながら感じた。

*

「仲の町の亀屋《かめや》でごぜえす」

若い男が面番所に重箱を運び込んだ。

重箱は五つあった。

伝吉が応対する。

「幕の内弁当の亀屋か」

「へい、さようで。大伝馬町の肥前屋から、こちらに届けるように言われましてね」

肥前屋の番頭が慎之介を連れて立ち去るに際し、面番所に届けるように手配したのであろう。しかも、中間の新助と文蔵の分もあるようだった。もちろん、慎之介を放免してもらった謝礼に違いない。

「ふうむ、亀屋の弁当か。では、伝吉、夕飯は断ったほうがいいぞ」

「へい、そうですな。わっしがあとで、当番の妓楼に断りを言いにいきやすよ」

妓楼から届けられる夕飯を断り、届いた弁当を食べるということだった。

原田も伝吉も亀屋の幕の内弁当は食べたことがあるようだ。

その後、弁当を食べるに至り、甚四郎も原田が妓楼の夕食を断った理由がわかった。

重箱の中には笹の葉が敷かれ、握り飯、焼き鳥、卵焼き、蒲鉾《かまぼこ》、蒟蒻《こんにゃく》、焼き豆腐、干瓢《かんぴょう》が詰められているという豪華さだった。

甚四郎は、お初を殺した慎之介が内済によって放免されたことに複雑な気持ちがある。さらに、その謝礼がこの幕の内弁当だと思うと、さらに気持ちは複雑だった。

しかし、甚四郎も弁当が美味なのは認めざるを得なかった。

第五章　女衒

(一)

山谷堀に向かう屋根舟の中で、原田修理が言った。

「女衒《ぜげん》の名がわかったぞ」

「えっ」

その後の動きを知らなかったため、富永甚四郎は驚くしかない。

原田が続けて言った。

「麴町一帯を縄張りにする岡っ引に女衒捜しを依頼するつもりだと、話したよな」

「はい、聞いておりました」

「岡っ引は小料理屋・若松の元の奉公人を丹念に訪ねていったそうだ。ほとんどの者が、主人の後妻で女将《おかみ》のお政が女衒に売られたのは知っていた。しかし、誰も女衒の名は知らなかった。まあ、無理もないがな。

身売り証文に判を押した主人は別として、奉公人が女衒の名まで知っているはずがないからな。

だが、岡っ引はあきらめずに次々と訪ねていって、ついに、覚えていた者を突き止めた。女中のひとりがたまたま立ち聞きして、しっかり覚えていたのだ。こういうときは、立ち聞きも役に立つ。

拙者は知らせを受け、岡っ引の案内で女に会い、たしかめた。

女衒の名はヤオハン。耳で聞いただけだから、字はわからぬ。

それにしても妙な名だ。妙な名だからこそ、覚えていたのかもしれぬが。

ヤオハンがお政を買い取り、そして吉原の妓楼《ぎろう》に転売した。ヤオハンを尋問すれば、妓楼の名がわかる。妓楼がわかれば、そこにお政がいるわけだ。

これで、内与力の青木長十郎さまから課せられた難題にも、ようやく目鼻が付きそうだぞ」

さらに、原田が言った。

「あとは、貴殿にやってもらうぞ」

「はい、承知しました」

甚四郎はきっぱりと言った。

道筋は作ったので、あとの具体的な捜査は任せるということであろう。甚四郎に不満はない。それどころか、同心の仕事が面白くなってきたところだった。

「女衒を訪ねていくときは、伝吉に案内させるのがよかろう。ああいう連中の扱いは、伝吉は慣れておる」

「はい、そういたします」

昨夜からの雨はまだやまない。隅田川の川面《かわも》には無数の雨滴がはじけていた。

雨の中、日本堤を歩かねばならないため、甚四郎と原田は合羽《かっぱ》と菅笠《すげがさ》を用意し、足元は草鞋《わらじ》である。供の文蔵と新助は蓑笠《みのかさ》を用意し、足元は草鞋だった。

すれ違う舟の船頭はみな、蓑笠姿である。積荷は上から筵《むしろ》をかけていた。

＊

「ヤオハンと呼ばれる女衒を知っているか」

面番所で、原田がさっそく言った。

岡っ引の伝吉は首をかしげる。

「ヤオハン……、さあ、そんな女衒は聞いたことがありやせんぜ。わっしは吉原に住んでいる女衒はたいてい知っているつもりですがね。もしかしたら、吉原の外に住んでいる野郎かもしれませんな。わっしが住む浅草元吉町にも、ちんけな女衒がひとりいやすぜ。もちろん、ヤオハンじゃありやせんがね。

「ヤオハンがわかれば、お政という女が売られた先がわかる。ヤオハンがわからなければ、先へは進めぬ」

「そうですか。困りやしたね」

原田はなんとも無念そうな顔をしている。

せっかく女衒の名がわかったというのに、ここで頓挫《とんざ》してしまったのだ。

伝吉が思い出して言った。

「じゃあ、鵜呑《うの》みの久七《きゅうしち》という女衒に尋ねてみやしょう。久七は女衒の古株ですから、吉原の外に住む女衒とも付き合いがあるはずです」

「その鵜呑みの久七とやらはどこに住んでおるのか」

「揚屋町の裏長屋ですよ」

「そうか、では、これから訪ねてくれ。富永どのと一緒に行ってくれよ」

「へい、わかりやした」

甚四郎と伝吉は面番所を出ると、仲の町を歩いて揚屋町に向かった。甚四郎は合羽、伝吉は蓑笠の姿である。

いつもは人通りが絶えない仲の町も、さすがに閑散としていた。

ふたりの前を、傘を差し、素足に足駄を履いた女が歩いていた。芸者であろうか、着物に跳ねが上がらないよう、慎重な足取りだった。

いっぽう、天秤棒《てんびんぼう》で盤台をかついだ魚屋は、跳ねが上がることなどまったく気にしていないようだ。はだしになり、急ぎ足で歩いている。盤台では大きな蛸《たこ》が雨に濡《ぬ》れていた。

歩きながら、伝吉が言った。

「旦那、女衒と話をしたことはありやすか」

「いや、ない。そもそも、女衒という人間を見たことがない」

甚四郎は正直に答える。

これまでの人生で、まったく無縁な存在だった。

「女衒は人買い稼業で、女を食い物にする冷酷非情な賤業と思われているようですな。まあ、冷酷非情には違いないのですがね。

しかし、みな、なかなか学問がありやすぜ。少なくとも、読み書き算盤《そろばん》が達者ではないと女衒はつとまりません」

「ほう、そうなのか」

「身売り証文をこしらえねばなりませんからね。しかも、どこからつつかれてもぼろが出ないような証文となると、並の人間には書けません」

「ほう、なるほど、そうだったのか」

「殺された叶屋の浮舟は、女衒を通していませんな。清三郎が兄と名乗ってお初を叶屋に連れてきて、楼主とじかに交渉して売り飛ばしたわけです」

「うむ、そうだったな」

「そのときも、楼主の弥左衛門は証文を取り交わす段になると、出入りの女衒を呼んで、書いてもらったはずです。

弥左衛門はもちろん読み書きはできるでしょうが、身売り証文ともなると、女衒でないと無理なのですよ。書式や印判の押し方にもきまりがありますからね」

「ほう、そうなのか」

甚四郎は意外だった。

女衒は高度な専門職と言えるのかもしれない。

「これから訪ねる鵜呑みの久七は裏長屋住まいですが、常々、『この長屋で貸本屋が来るのは、俺のところだけだ』と自慢していますよ。

つまり、長屋で本を読むのは自分たち夫婦だけ。というわけですな。女房はお時《とき》というのですが、やはり本を読むそうです。

さて、揚屋町ですぜ」

仲の町から木戸門をくぐって、揚屋町の表通りに入る。

（二）

揚屋町の表通りをしばらく歩くと、右手に髪結床と薬屋があり、二軒のあいだに木戸門があった。

木戸門をくぐると、細い路地が奥にのびている。路地の両側は二階建ての長屋が続いていた。

路地の中央部には溝が掘られていて、上に木の板が敷かれている。雨で溝があふれているのか、ところどころ板が浮き上がっていた。足で踏みしめると、濁った水がにじみ出た。

明り採りのため、どこも入口の腰高障子は開け放たれている。

「ここです」

岡っ引の伝吉が立ち止まった。

腰高障子には「久七」のみで、さすがに稼業はどこにも書かれていない。

「おう、ご免よ」

伝吉が声をかけながら、敷居をまたいで土間に立った。

富永甚四郎も続いて土間に立つ。

入口の腰高障子が開放されているにもかかわらず、雨のせいで室内は薄暗かった。

目が慣れると、中の様子がわかってくる。

土間の右手に畳二枚分くらいの板敷きがあり、台所になっていて、へっついと流しがしつらえられていた。台所では、白髪頭の下女が何か煮物を作っているようだ。へっついの上の鍋《なべ》から湯気が上がっている。

土間から上がってすぐ左手に、二階にあがる急勾配《きゅうこうばい》の階段があった。

部屋は六畳ほどで、やや奥まったところに長火鉢が置かれ、三十代の女が座っていた。久七の女房のお時であろう。鼻立ちがはっきりして、若いころはさぞ美人だったろうなと思わせる容貌《ようぼう》だった。だが、ただよわせている雰囲気から、遊女上がりなのは間違いあるまい。

膝《ひざ》のそばに三味線が置かれていた。ついさきほどまで、爪弾《つまび》いていたのかもしれない。

「おや、親分」

美貌《びぼう》に似合わぬ、しゃがれ声だった。かつての不摂生な生活をしのばせるといおうか。

伝吉が言った。

「久七はこの雨の中、出かけているのか」

「亭主は旅に出ていましてね。二、三日は帰ってこないと思いますよ」

「ふうむ、女を仕入れに行ったのか」

台所の下女が来客と見て、茶を入れようとしている。

伝吉は土間に立ったまま、すぐに帰るから茶は不要だと下女に告げたあと、そばにいる甚四郎を示した。

「おい、お時、こちらはお奉行所のお役人だ。とはいえ、久七やおめえを召し捕りに来たわけじゃねえから、安心しな。じつは、久七に用事があったのだがな。そうか、旅に出ているのか」

「おや、用事って、何なのです」

「おめえじゃわからないと思うがな。ヤオハンという名を聞いたことがあるか」

「ああ、ヤオハンの半兵衛《はんべえ》さんですか」

「えっ、おめえ、ヤオハンを知っているのか」

伝吉が驚く。

お時はやや得意そうに、八百半という字を説明した。

「内にも何度か来たことがありますよ。じつは、亭主の親方筋の人でしてね」

「そうだったか、では半兵衛が名前だな。八百半はどういう意味だ」

「さあ、あたしもくわしいことは知りませんが、屋号じゃないのですか。内の亭主なんぞ、『八百半の親方』と呼んでいますよ」

「ふうむ、なるほど。おめえ、八百半の半兵衛の住まいはどこか、知っているか」

「砂利場《じゃりば》と聞きましたがね」

「砂利場……」

甚四郎がつぶやいた。

聞いたことのない地名だった。

「浅草田町《たまち》一丁目を俗に砂利場と言っていましてね」

伝吉が解説したあと、お時に向かい天井を指で示した。

「二階には誰かいるのか」

「誰もいません。だから亭主は旅に出かけたのですよ」

「なるほど、では、久七が戻ってくると、二階は満員だな。

旦那、久七は田舎から小娘を仕入れてくると、二階に住まわせておいてから、妓《ぎ》楼《ろう》に売りさばいていくわけですがね」

伝吉が甚四郎に説明しているのを聞き、お時が口をはさんだ。

「亭主が仕入れてくるのは、小便臭い田舎の小娘ばっかりですからね。しばらく二階に住まわせておいて、湯屋に行かせ、小ざっぱりした着物に着替えさせ、言葉遣いを教え、いわば磨き上げるのですよ。それは、あたしの役目でしてね。

その後、亭主が妓楼に連れていって、お目見えをさせるので、それなりの値段で買ってもらえるのです。田舎から出てきたままの娘っ子を妓楼に連れていけば、それこそ二束三文で買いたたかれるでしょうね」

お時が、自分も女衒《ぜげん》商売の大事な一翼をになっていることを強調した。遊女の経験が生かされていると言いたいようだ。

「なるほど、亭主の久七が仕入れてきた瓦礫《がれき》も、おめえが磨いてやればそれなりの玉になるわけだな。ありがとうよ。助かったぜ」

伝吉がお時に礼を述べる。

そばで、甚四郎も軽く頭を下げた。

揚屋町から仲の町に出る。

すでに雨はやみ、雲間から差し込む陽ざしが妓楼の屋根に陽炎《かげろう》を立たせていた。

仲の町の人出は多くなったが、道がぬかるんでいるため、足駄を履いている者が目立つ。天秤棒《てんびんぼう》をかついだ行商人などは、たいていはだしだった。

甚四郎が歩きながら、伝吉に言った。

「お時は、元は遊女だろうか」

「へへ、やはり、わかりやすか。素人《しろうと》になっても、玄人《くろうと》の匂いは抜けませんからね。年季が明けたあと、久七と所帯を持ったと聞いています。

吉原の遊女は、『年季は最長十年、二十七歳まで』といううきまりがあるのですがね。年季が明けても、将来を約束した馴染客と結ばれる例はほとんどありません。

いざとなれば、男は去っていきます。

まして、年季の途中に身請けされて吉原を出る女など、幸運を得たごくひと握りですぜ」

「ほう、すると、年季が明けた遊女はどうなるのか」

「幇間《ほうかん》の女房、吉原内の小料理屋や仕出屋の女房、お時のように女衒の女房になる者もいます。要するに、年季が明けたあとも、けっきょく吉原からは離れられないわけですよ。

中には、岡場所や宿場に流れていく者もいます。夜鷹《よたか》にまで落ちぶれた女の噂を聞いたことがありやすぜ」

「ふうむ、そうなのか」

多くの遊女の末路を想像すると、甚四郎は暗い気分になった。

（三）

いったん面番所に戻った富永甚四郎と伝吉は、原田修理に報告を終えると、今度は砂利場に向かった。

今や甚四郎にとって、日本堤は歩き慣れた道である。日本堤を下りると山谷堀を目指して歩いた。山谷堀のやや手前、右手が砂利場だった。

甚四郎にしてみれば、これまで面番所の行き帰りに必ず通り過ぎていたところだったが、砂利場と意識していなかったにすぎない。

伝吉が浅草田町一丁目の木戸番に行き、八百半の半兵衛の住居を聞き出してきた。

「木戸番の爺《じじ》ぃが知っていやしたよ。それなりに名の知られた野郎のようですぜ。こちらです」

そう言いながら、伝吉が新道に入っていく。

新道は表通りから奥に入っていく点では、裏長屋の路地と同じである。だが、新道の方がやや道幅が広く、また両側には戸建てが並んでいた。

二階建ての仕舞屋《しもたや》があった。玄関は格子戸で、横の柱に「八百半」と書いた木札が掛けられている。

伝吉は木札をたしかめ、

「おう、ご免よ、邪魔するぜ」

と、声をかけながら格子戸をあけた。

玄関の土間には根府川《ねぶかわ》石の沓脱《くつぬぎ》が置かれていた。

土間からあがると畳二枚分くらいの板敷きで、奥に六畳の部屋がある。

六畳の部屋の窓際で、弁慶縞《べんけいじま》の浴衣《ゆかた》を着た、恰幅《かっぷく》のいい男が何やら、本を読んでいた。

土間に立ったまま、伝吉が言った。

「八百半の半兵衛は、おめえさんか」

「へい、どちらから来なすった」

半兵衛は本を手にしたまま、野太い声で問い返す。

伝吉がふところから十手を取り出した。

「わっしは、こういう者だ。こちらは、お役人だがね。

べつに、おめえさんを召し捕りに来たわけじゃねえ。ちょいと、教えてほしいことがあってな」

「そうですかい。まあ、お上がんなせえ」

「雨上がりの泥道を歩いてきたんでね。座敷を汚しては申しわけねえ」

「おい、客人だ。濯《すす》ぎの水を出して差し上げろ」

半兵衛が奥の台所に声をかける。

すぐに、十五歳くらいの下女が水を入れた盥《たらい》と雑巾《ぞうきん》を玄関に持参した。

甚四郎は足を洗い、雑巾で拭《ぬぐ》いながら、土間や板敷きに水滴が散っているのに気づいた。雨が降りしきっていたころに来訪者がいたのだろうか。ちょっと気になった。


長火鉢をはさみ、向かい合って座った。

下女が茶と煙草盆を出す。

自己紹介を終えたあと、甚四郎は半兵衛の背後の刀掛けに、長脇差《わきざし》が掛けられているのに気づいた。

庶民も、旅の道中では長脇差を腰に差すのは許されていた。女衒という商売柄、遠出をすることもあるに違いない。それとも、一種の威嚇の効果を狙っているのだろうか。

「で、お役人と親分がわざわざおいでになって、あっしに何を聞きたいのですかい」

半兵衛の態度にはまったく動揺が見られないが、目には油断のない警戒の色があった。

甚四郎が言った。

「麴町十三丁目に若松という小料理屋があった。その若松の女将《おかみ》——主人の女房のお政を、そなたは引き受けなかったか」

「ああ、その件ですかい。あっしが斡旋《あっせん》しました。お政さんは若松の主人・藤左衛《とうざえ》門《もん》さんの後妻でした。夫である藤左衛門さんがちゃんと印判を押しやしたよ」

「お政の身売りのことで、そなに咎《とが》めがいくことはない。その点は、安心してくれ。そなたは、お政をどこに売ったのか」

「角町の姿海老屋《すがたえびや》です」

半兵衛があっさり言った。

甚四郎は全身からふっと力が抜ける気がした。難題が目の前で解決したのである。女衒《ぜげん》さえ突き止めれば、あとは簡単なはずだった。

伝吉は姿海老屋と聞いて、すぐにわかったようだ。

「ほう、姿海老屋に連れていったのか。おめえ、なかなかの目利きだな。いい値で売れたのか」

「お武家屋敷で奉公し、その後は料理屋の女将。ところが亭主が道楽者で料理屋は潰《つぶ》れる寸前。お政は店を救うため、泣く泣く身売りをした——と、経歴は申し分なしですぜ。こんな経歴を知れば、男は目の色を変えますからね。

それに、あの女はけっして美人ではないのですが、男のへのこを硬くする、妖《あや》しい色気がありやしてね。

あっしも伊達《だて》にこの商売をしていませんぜ。すぐに花魁《おいらん》を張れる女だと踏みやしてね。そこで、姿海老屋に連れていったのです。

楼主の与右衛門《よえもん》さんも、ひと目見て、気に入りましてね。おかげで、あっしも儲《もう》けさせてもらいやしたよ」

「ほう、それは結構だったな。その後、お政には会ったか」

「いえ、一度も会っていませんが、姿海老屋が花魁・瀬川《せがわ》として売り出したのを聞きやした。あっしの目に狂いはなかったと、ちょいと得意でしたがね。

ところで、あのお政に、何かあったのですか」

半兵衛が反問する。

さすがに気になるのであろう。

甚四郎が答えた。

「いや、そうではない。まだお調べの最中なので、くわしいことは言えないが、さきほども言った通り、そなたに咎めはないから、安心するがよい」

「そうですか。しかし、一日に二度も問い合わせとは、気になりますな」

「えっ、ほかに、お政について調べている者が来たのか」

甚四郎はやにわに緊張する。

伝吉の目も光っていた。

「へい、さきほど、雨が降りしきる中、お武家があっしを訪ねてきましてね。合羽《かっぱ》に菅笠《すげがさ》というでたちで、土間に突っ立ったままなので、あっしが玄関先まで出て行ったのですがね」

「ほう、武士か。姓名は名乗ったか」

「いえ、『いささか事情があり、名は明かせぬ』と、もったいぶっていましてね。供も連れず、ひとりでした」

甚四郎は話を聞き、板敷きや土間に水滴が散っていた理由がわかった。武士であれば、たしかめておきたい。

「幕臣か諸藩の家中かは、どうじゃ」

「さあ、あっしもお武家のことはよくわかりませんのでね。ただし、言葉に国訛《くになま》りはありやせんでしたよ」

「何歳くらいか」

「富永さまより五歳くらい年長というところでしょうか」

半兵衛も自信がなさそうだった。

甚四郎が質問する。

「それで、そなたは、その武士にお政が姿海老屋にいることは教えたのか」

「へい、別に秘密にするようなことじゃありませんからね」

「それは、まあ、そうなのだが。ところで、その武士は、そなたのことをどこで知ったのだ」

「さあ、それは、あっしもわかりません。若松の主人の藤左衛門さんから聞いたのではないでしょうか。

姿海老屋の瀬川とわかると、ろくすっぽ礼も言わずに、そそくさと雨の中を帰っていきやしたよ」

半兵衛はまだ若松がつぶれたことを知らないようだった。

もうこれ以上、半兵衛から聞き出せることはないであろう。

「うむ、よくわかったぞ」

「うむ、ありがとうよ」

甚四郎と伝吉が帰り支度をする。

腰を上げながら、甚四郎は長火鉢の猫板に置かれている読みさしの本が山東京伝作の『仕懸文庫《しかけぶんこ》』なのに気づいた。

「ほう、京伝か」

「おや、富永さまも京伝がお好きですか」

「うむ、このところ、京伝の吉原物を読んでおる」

「そうでしたか。この『仕懸文庫』は深川が舞台ですがね」

「そうか、では、次に読んでみよう」

甚四郎は急に半兵衛に親近感がわくのを覚えた。だが、半兵衛が女衒であるのに変わりはない。

外に出ると、伝吉が言った。

「旦那、蕎麦《そば》でも食いたいところですが、そうもいかねえですな」

「うむ、早く戻った方がよかろう」

一刻も早く原田修理に報告しなければならない。

内与力の青木長十郎はお政をさがすにあたっては、「拙速」を求めないとのことだった。しかし、事情が変わってきた。

ほかに、お政の行方を追う者がいるのだ。

ふたりはまだぬかるみが残る日本堤を、吉原をめざして足早に歩いた。

（四）

報告を聞き終え、原田修理はう〜んと、うなった。

しばらく考えたあと、その場で手紙をしたため、中間の新助に託した。

「内与力の青木長十郎さまに届けてくれ。急ぎだぞ」

「へい、かしこまりやした」

新助が呉服橋門内の北町奉行所に向けて、すぐに出発した。

中間を見送ったあと、原田が改めて富永甚四郎と伝吉に顔を向けた。

「さて、こうなると、悠長には構えておれぬな」

「はい、青木さまは『拙速』は求めないとのことでしたが、そうもいかないのではないでしょうか」

甚四郎が言った。

原田が自分の考えを検証するかのように言う。

「貴殿は、八百半の半兵衛を訪ねてきた武士について、どう考えるのか」

「中村勘解由どのはお政どのが産んだお沢こと沢之助どのを世子とし、中村家の家督を継がせるつもりです。そのために、お政どのを屋敷に呼び戻そうとしているわけです。

沢之助どのが世子になることや、お政どのが屋敷に戻ることに反対しているのは、正室の宮子どのと側室のお巻どのと思われます。宮子どのとお巻どのは手を組み、なんとかして沢之助どのが世子に立つのを阻止しようとしているのではないでしょうか。

そのために、お政どのの行方をさがしているのです。生みの母が吉原の遊女だと暴露されれば、沢之助どのの世子はなくなりましょう。

宮子どの・お巻どのの意を受けた武士ではないかと思うのですが。おそらく、中村家の家臣のひとりではないかと」

「うむ、拙者もそう見ている。いわば、反・沢之助の一派だな。

だが、連中はどうやって、我らより早く八百半の半兵衛にたどり着いたのだろうな。不思議というか、ちと気味が悪いな」

原田が顔を曇らせる。

伝吉が言った。

「若松の主人だった藤左衛門は行方が知れないとのことでしたな。もしかしたら、連中は運よく藤左衛門をさがしあてたのかもしれませんぜ。藤左衛門に尋ねれば、お政を売った女衒《ぜげん》が八百半の半兵衛ということは、すぐにわかったはずです」

「うむ、たしかにそうだな。犬も歩けば棒に当たるで、運よく藤左衛門をさがしあてたのかもしれぬ」

「武士はお政どのがいるのが姿海老屋とわかったあと、すぐに雨の中を出て行ったそうです。その足で、姿海老屋に向かったのでしょうか」

甚四郎が案じた。

原田が言う。

「武士は二十代のなかばくらいということだったな。独断で行動することは許されておるまい。おそらく、いったん首謀者に報告しに戻ったはずじゃ。首謀者は正室の宮子どのだろうがな。

うむ、そうじゃ。

八百半の半兵衛にたどり着くのには、われらは連中に一歩おくれを取った。だが、今度はわれらが一歩、連中を出し抜けるぞ。吉原という地の利を生かせるからな」

甚四郎と伝吉は黙って原田を注視する。

原田がニヤリと笑った。

「おい、姿海老屋に登楼《とうろう》してくれ。まずは、花魁《おいらん》の瀬川が本当にお政かどうかを確認しなければならぬ。

貴殿にとって、まさに初会になるな。ただし、これは役目だからな。その気になってもらっては困るぞ」

甚四郎は返答に窮した。

原田が言葉を続ける。

「拙者は顔を知られているので、登楼するわけにはいかぬのだ。その点、貴殿はまだ顔を知られておらんからな。まさに適任だぞ」

「はい、かしこまりました」

甚四郎は役目だと、自分に言い聞かせる。

そばで、伝吉は笑いをこらえていた。

「ご馳走《ちそう》が出るが、食べてはいかんということですな」

「いまは昼見世が終わり、夜見世が始まる前だな。

夜見世が始まったら、まず姿海老屋の張見世で女を見立て、それから上がるという形がよかろう。

知ったかぶりをせぬほうがよいぞ。連中はすぐに見破るからな。吉原は初めてと、正直に言うがよい。そうすれば万事、若い者が気を利かせて、手筈《てはず》をととのえてくれよう。ただし、役人と見抜かれてはならぬ。着替えは持参しておるか」

「はい、持参しております」

供の文蔵が背中にかついだ御用箱に、甚四郎の着替え一式が入っていたのだ。

原田が伝吉に言った。

「おい、瀬川の揚代《あげだい》はいくらだ。吉原細見《よしわらさいけん》で調べてくれ」

「へい。そういえば、うっかりしておりました。姿海老屋に瀬川という花魁がいるかどうか、吉原細見でたしかめておりませんでしたな」

伝吉が面番所に備え付けの吉原細見を取り上げ、角町を見ていく。

吉原細見は年に二回刊行されるため、最新の情報が掲載されていた。

「姿海老屋と……。ほう、瀬川は花魁で、座敷持ですな。

座敷持の揚代は、
昼夜金二分《ちゅうやきんにぶ》、
夜斗金一分《よるばかりきんいちぶ》、
ですぜ。富永の旦那の場合は『夜ばかり』ですから、金一分でよいわけですが、あくまで揚代だけですからね。酒や料理を頼めば、別途にかかりやす。それに、遣《や》り手《て》や若い者にちょいと祝儀を渡した方がよいでしょうな」

「貴殿、金はあるか」

原田が心配そうに言った。

甚四郎はあわてて財布をたしかめる。

「一分金ふた粒と南鐐二朱銀ひと粒、それに四文銭と一文銭を取り混ぜて銭《ぜに》がありますす」

「念のため、拙者が一分金を渡しておこう。合わせて三分二朱といくばくかの銭があれば、恥をかくことはあるまい。

もちろん、今夜使う金は役目上の経費だから、奉行所から支給してもらうからな」

あれよあれよという間に、甚四郎の登楼の準備が進行していく。

甚四郎は文蔵に手伝わせて着替えをしながら、ふたりの女の運命を考えた。

武家屋敷に奉公し、吉原の遊女となったという点は、お初とお政に共通している。

だが、そのほかは対照的だった。

お初は木綿問屋のお嬢さまに生まれ、大名屋敷で奥女中を経験し、男と駆け落ちし、吉原では花魁となったが、その階級は部屋持だった。あげくは、かつての恋人に絞殺された。

お政は貧農の娘に生まれ、旗本屋敷で下女奉公をし、主人の手がついて子を産み、小料理屋の主人の後妻となり、吉原では花魁となり、その階級は座敷持である。

不思議といおうか、皮肉といおうか。

お政の方がお初より遊女としての階級は上なのだ。

(さらに、お政は旗本の側室となるかもしれぬ。その後、沢之助が家督を継げば、お政は旗本の生母となろう)

甚四郎は自分が、お政という女の運命の後押しをすることになるかもしれぬと思った。

第六章　登楼

（一）

暮六ツ（午後六時頃）を告げる鐘の音が響いてきた。

仲の町を歩く富永甚四郎は越後縮《えちごちぢみ》の帷子《かたびら》に縮緬《ちりめん》の単衣《ひとえ》羽織、腰に両刀をさすといういでたちだった。

あちこちから三味線の音色が聞こえてくる。妓楼《ぎろう》の張見世で、清掻《すががき》と呼ばれるお囃子《はやし》を一斉に弾き始めたのだ。

それまで仲の町をそぞろ歩きしていた男たちは清掻が鳴り響くのと前後して、次々と妓楼が並ぶ表通りに吸い込まれていく。

清掻は妓楼に雇われている内芸者か、その日が当番の新造の役目である。しかし、夜見世が始まる暮六ツから引け四ツ（午前零時頃）まで、途切れなく三味線を弾き続けなければならない。そのため、途中で交代しながらの苦行だった。

甚四郎も清掻に引き寄せられるように、角町の表通りに入った。

どの妓楼も、張見世の前に男たちが群がっている。とはいえ、ほとんどが俗に「吉原雀《よしわらすずめ》」と呼ばれる冷やかしだった。やはり吉原の遊びは高くつくため、張見世を見てまわるだけで、実際の女郎買いは岡場所という男は多かった。

甚四郎もかつて友人たちと張見世を冷やかして歩いたことを思い出すと、ほろ苦い気分になる。

姿海老屋の張見世の前に立った。

すでに日は暮れて、通りは暗い。張見世に居並ぶ遊女は大行灯《おおあんどん》に片側から照らされるため陰影が強調されて、みなその容姿は妖艶《ようえん》だった。

甚四郎は格子に顔を近づけ、遊女の顔を見ていったが、もちろん瀬川はわからない。

いったん張見世を離れ、甚四郎は入口の近くに歩み寄った。立っている若い者に声をかける。

「瀬川という女はいるか」

「へい、瀬川さんは、あたくしどもで評判の売れっ妓でごぜえす」

「武家屋敷で奉公していたと聞いたが」

「へい、お武家屋敷でご奉公していただけに、しっかりした躾《しつけ》を受けておりましてね。お武家さまの前に出しても恥ずかしくないという、へい」

「いま、張見世にいるか」

若い者は籬《まがき》越しに確認するや、

「いま煙管を手にした、薄紅色の打掛《うちかけ》のお妓《こ》でございす」

と、教えた。

甚四郎は張見世で顔をたしかめる。

「うむ、では、瀬川を頼みたい。拙者は吉原は初めてでな。よろしく頼むぞ」

「瀬川さん、お仕度〜っ」

若い者は張見世に向かって声を張り上げたあと、

「では、ご案内します」

と、甚四郎をともなって長暖簾《のれん》をくぐる。

長暖簾をくぐった途端、甚四郎は土間の広さや、多くの奉公人が立ち働いていることに圧倒された。

「お侍さま、何とお呼びしましょうか」

若い者に問いかけられ、甚四郎はまごついた。

まったく表徳を考えていなかったのだ。本名を告げるわけにはいかない。花魁《おいらん》・浮舟を殺害した慎之介が叶屋で棒鱈と名乗っていたのを思い出した。苦し紛れにこじつける。

「麺棒《めんぼう》と呼んでくれ」

「へい、麺棒さまですね。かしこまりやした。

あたしは六助《ろくすけ》と申します。以後、何でもあたしにお命じくださいませ」

土間に履物を脱ぎ、板敷きに上がる。続いて、階段をのぼるに先立ち、六助が言った。

「お腰の物をおあずかりします」

甚四郎は両刀を鞘《さや》ごと抜いて、六助に渡した。

吉原の妓楼では、たとえ大名であっても刀を帯びたまま二階に上がることはできない。六助は刀を受け取ると、板敷きの奥にある内所に運んだ。

楼主の定位置である内所には刀掛けがあり、あずかった刀はすべてここで保管される。

「では、どうぞ、お二階へ」

六助に先導され、甚四郎は階段をのぼった。

通されたのは八畳ほどの引付座敷である。

「ご初会の客人は、ここで花魁とまずご対面ということになりますので、少々、お待ちを。花魁はすぐまいりますので」

「まあ、取っておけ」

座敷を出ようとする六助に、甚四郎が懐紙の包みを渡した。

岡っ引の伝吉の助言で、あらかじめ祝儀を用意しておいたのだ。

甚四郎は引付座敷にひとり取り残された形になったが、しばらくすると遣手《やりて》と六助にともなわれて瀬川が現れた。

続いて、禿《かむろ》が酒と煙草盆を持参した。

座敷には燭台《しょくだい》が置かれている。

「よう、おいでなんした」

瀬川が辞儀をする。

甚四郎は蠟燭《ろうそく》の明りで瀬川をまじまじと見た。

白練《しろねり》の下着に緋《ひ》縮緬《ぢりめん》の上着、帯は萌黄《もえぎ》地《ぢ》に金襴《きんらん》という豪華ないでたちだった。頭には鼈甲《べっこう》の櫛《くし》と笄《こうがい》を挿している。

お政であれば十九歳くらいのはずだが、瀬川は二十二、三歳くらいに見える。しかも、淫蕩《いんとう》な色気をただよわせていた。

（本当にこの女が、貧農の家に生まれ、旗本屋敷で下女奉公をしていたお政だろうか）

甚四郎は圧倒されて頭がくらくらすると同時に、急に自信がなくなってきた。蒸し暑さで、全身に汗がにじむ。

「まずは、お盃《さかずき》を」

薩摩上布《さつまじょうふ》の着物に唐繻子《とうじゅす》の帯を締めた、三十歳くらいの遣手が取り持ち、甚四郎と瀬川は盃を交わした。いわば三々九度を模した初会の儀式である。

盃の交換が終わると、瀬川と遣手は座敷から出て行った。ほとんど言葉は交わさなかった。

遣手が座敷を出るとき、甚四郎はやはり祝儀を渡した。

同席していて、座敷に残った六助が言った。

「麺棒さま、これから座敷を変えて、宴席ということもできますが」

「いや、花魁とふたりきりで話したいことがあってな。それに、屋敷の都合があって、泊まるわけにはいかぬ」

「へい、へい、さようですか。では、花魁のお座敷にご案内しましょう」

六助が心得顔で言った。

何はともあれ情交を優先する、いわゆる「床急ぎ《とこいそ》」の客と理解したようだ。甚四郎としては誤解されるのはやや不本意だったが、ここは流れに従うしかあるまい。

六助に案内され、瀬川の座敷に行った。

＊

花魁でも座敷持になると、自分の居間と寝室の、ふた部屋をあたえられていた。

瀬川の部屋は八畳と六畳の二間続きで、居間と寝室である。寝床は、いわゆる花魁の三つ布団で、敷布団が三枚重ねになっていた。

六助は揚代を受け取ったあと、

「花魁は着替えてからまいりますので、少々お待ちを」

と言い、甚四郎を居間に残して去った。

あとは、甚四郎ひとりである。

煙草盆を前にして座った。

ほかの座敷から三味線の音色や、笑い声が聞こえてくる。それだけに、ひとりで取り残されたことに不安がつのる。

（廻《まわ》しといって、複数の客がついていると、中には放っておかれる男もいるというが……）

所在なさに、煙草を吸うしかない。

煙管で一服すると、吐き出した煙がすっと流れていく。中庭に面した窓の障子と、廊下に面した障子を開け放っているため、部屋の中を風が通り抜けるのだ。

薄端《うすばた》の花器に、色鮮やかな花が活けられているのが目に入った。だが、甚四郎は花の名は知らなかった。

居間の壁際には簞笥《たんす》が置かれ、その横に琴が立てかけられていた。そばに、碁盤も置かれていた。文机《ふづくえ》には硯《すずり》と筆立てがのっている。筆立てには孔雀の羽が飾られていた。

廊下に上草履《うわぞうり》の音がする。

床着《とこぎ》姿の瀬川が居間に入ってきた。裾《すそ》から緋縮緬の湯文字がのぞいているのが何ともなまめかしい。

瀬川は甚四郎を見るなり、

「おや、まだ御寝《およ》りぃなりいせんしたか。羽織のままではありいせんか。脱がせてあげいしょう」

と、背後にまわった。

甚四郎は相手の里言葉《さとことば》を聞きながら、瀬川を請け出したあと、しばらく別な場所で生活させて遊女の垢《あか》を落とすという計画を思い出した。

吉原の遊女が用いる独特の言葉遣い、いわゆる里言葉も垢のひとつなのであろう。

羽織を脱がせたあと、瀬川が甚四郎のうなじに口を寄せ、

「帯も解いてあげんしょぅ」

と、ささやきながら、帯に手をかけた。

うなじに温かい息を感じ、甚四郎はぞくっとした。思わず振り向き、抱きしめたい衝動に駆られたが、ぐっとこらえる。

「いや、帯は解かなくてもよい。ちと、そなたと話がしたい」

「何でありいすえ」

瀬川が向かい合って座った。

「そなたは武家屋敷で奉公していたと聞いた。屋敷はどこだったのか」

「小日向服部坂でありいす」

「旗本中村勘解由どのの屋敷だな。そなたの名は政だな」

「どうして、そんなことを知ってでありいすえ」

「じつは、中村家に頼まれてやってきた。だから、拙者を客と思わんでくれ。

これから話すことは、にわかには信じられぬかもしれぬが、けっして嘘ではないぞ。そなたが産んだ赤ん坊は男の子だったのじゃ」

甚四郎は、お政が産んだ子の顚末《てんまつ》を語り聞かせた。

瀬川はさほど驚くことも、動揺することもなく聞き入っている。実際に子育てをしていないので、我が子という実感がないのかもしれない。

「男の子だったのでありいしたか」

「中村家の家臣の杉原藤助どのは覚えているか」

「はい、覚えておりいす」

「そなたが産んだ沢之助どのを育てたのは杉原どのじゃ。その杉原どのが、そなたを身請けして、吉原から連れ出す。早ければ明日《あす》にでも、杉原どのが姿海老屋に来て、楼主の与右衛門どのと交渉するはずじゃ」

「そうでありいすか」

瀬川がまるで他人事《ひとごと》のような返事をした。

まったく実感がないようだ。

「ただし、ひとつ、用心してほしいことがある。もしかしたら杉原どの以外に、そなたを身請けしたいなどと言ってくる者がいるかもしれぬ」

「誰なのでありいすえ」

「はっきりしたことはわからぬ。しかし、沢之助どのが中村家を継ぐのを望んでいない連中なのはたしかだ。そういう事情があるので、たとえ中村家の者であっても、杉原どの以外は信用してはならぬ。

それに、杉原どのが正式に楼主の与右衛門どのに申し入れるまでは、身請けのことは秘密だぞ。事前に知れると、話が流れることもあり得る。よいな」

甚四郎が念を押した。

瀬川の顔が曇った。中村家に戻ることに不安が芽生えてきたのかもしれない。

六助とは別な若い者が廊下から声をかけてきた。

「花魁《おいらん》、ちょいと、瀬川さん、ちょいと」

「何ざんすえ」

瀬川が迷惑そうな顔をして、廊下のそばまで出て行く。

「初会の客人で、お武家なので、ちょいと顔だけ見せてやってくださいよ」

若い者が拝むように懇願している。

小声なのだが、甚四郎の耳には届いた。

瀬川に別な客が付いたのであろう。遊女が同時に客を取る、いわゆる「廻し」である。

瀬川が渋っている様子を見て、甚四郎が勧めた。

「拙者のことは気にせず、行ってやるがよい」

甚四郎は同衾《どうきん》するつもりもないし、長居するつもりもなかった。もともと、話がすめばすぐ帰るつもりだったのだ。

瀬川と若い者が礼を述べ、おそらく引付座敷に行ってしまったあと、甚四郎は帰り支度をしていて、ハッと気づいた。

（初会で武士の客……まさか、八百半の半兵衛を訪ねてきた武士ではあるまいか）

にわかに不安が高まる。

どうすべきか迷ったあと、甚四郎は手を鳴らした。

すぐに六助が顔を出した。

「へい、お呼びですか」

「ほかでもないが、瀬川がほかの武士客のところにいってしまい、戻ってこない。はなはだ不埒《ふらち》じゃ。どういう客なのか、さぐってきてくれぬか」

甚四郎はさも嫉妬《しっと》に駆られているのをよそおう。

さらに、さきほどよりも多額の祝儀を渡した。

六助はぺこりと頭を下げた。

「これはどうも。お任せください。調べてまいります」

甚四郎は帰るに帰れなくなった。

ひたすら、六助の報告を待つ。

どこやらの座敷で宴席が開かれているようだ。風を通すためあちこちが開放されているため、端唄《はうた》が手に取るように聞こえてくる。

〽竹に雀は品よくとまる、とめてとまらぬ色の道、エー、ソリャソリャ、とめてとまらぬ色の道。

芸者が三味線を弾き、幇間《ほうかん》が歌っているようだ。やんやとはやし立て、大騒ぎである。

ようやく六助がやってきた。

「麺棒さま、わかりやしたよ。客人は、瀬川さんがご奉公していたお武家屋敷のお侍のようですな。昔話をしているようでした」

「いまは、どうしておる」

「引付座敷から別な座敷に移り、酒を呑《の》みながら話しているようです。あっしは廊下でちょいと立ち聞きしたのですがね」

「ふうむ、ご苦労だった」

甚四郎はしばらく瀬川を待ってみることにした。

煙管で煙草をくゆらせながら考える。

その武士が中村家の家臣だとしたら、瀬川とどんな話をしているのだろうか。

さきほど注意をしたので、瀬川も現れた中村家の家臣を警戒するであろう。迂闊《うかつ》なことは言わないはずである。

そもそも、家臣の狙いは何なのか。姿海老屋の花魁・瀬川が、かつての中村家の下女・お政であることを確認しにきたのだろうか。そして、屋敷に戻るや、沢之助の生母は吉原の遊女であり、旗本・中村家の世子にはふさわしくないと言いたてる策謀なのだろうか。

瀬川がすぐには戻ってきそうにないのを見て、甚四郎は帰ることにした。

階段をおりる甚四郎に気づき、六助が飛んでくるや、

「麺棒さま、花魁はもうすぐまいりますから。もうちょっと待ってやってくださいよ。麺棒さまをお帰しすると、あとで花魁からあたしが叱られますから」

と、懸命に引き留める。

「いや、予定通りでな。刀と履物を頼むぞ」

甚四郎は両刀と草履を返してもらうと、姿海老屋を出た。

（二）

角町の表通りも、仲の町も人であふれている。

ふと見上げると、夜空に半輪の月が煌々《こうこう》と輝いていた。まさに月下の吉原である。

富永甚四郎は面番所に戻ってから、どう原田修理に報告しようかと考えながら、仲の町を歩いていた。

「卒爾《そつじ》ながら」

背後から声がかかった。

甚四郎が振り向くと、二十四、五歳の羽織袴《はおりはかま》の武士だった。

「ご貴殿は姿海老屋で、花魁の瀬川の部屋にいた御仁《ごじん》ですな」

相手が自分のことを知っているのに、甚四郎は少なからず驚いた。甚四郎が六助を使って調べたように、この武士も同様に若い者を使って調べたのだろうか。

「そう言うご貴殿は、どなたでござるか」

「瀬川に何を吹き込んだのじゃ。いや、誰に頼まれたのじゃ。刀にかけても言わせてみせるぞ」

武士が刀の柄《つか》に手をかけた。

甚四郎は相手の強硬さに驚いた。あまりの短絡に戸惑ったと言ってもよい。

続いて、はっと気づいた。

相手は甚四郎の服装から、町奉行所の役人とは夢にも思っていないのだ。幕臣の軟弱な子弟と見くびっているのであろう。

（本気で刀を抜く気だ）

甚四郎もあわてて刀の柄に手をかけながら、背筋に冷たいものが走った。

相手は剣術道場で稽古を積み、許しを得るなどの力量があるのだろうか。少なくとも、自分の腕に自信があるのはたしかであろう。

かたや、甚四郎は石井道場で稽古をしていると言っても、六尺棒や十手の使い方と、柔術を応用した捕縛術である。剣術道場に通った経験はないため、竹刀《しない》や木刀を握ったことはない。まして、腰の刀を抜いたことはこれまで一度もなかった。

脳裏に、石井道場の道場主・石井与兵衛の言葉が浮かんだ。与兵衛が言っていた「いざというとき」が、まさにこのときではなかろうか。

相手がすらりと刀を抜き、威圧する。

「おい、早くしゃべった方が身のためだぞ」

殺すつもりはないにしても、体のどこかを斬り、屈服させるつもりだろうか。

甚四郎もためらわず刀を抜いたが、刀身の刃は潰《つぶ》してある。刀とは称せない代物だった。

脇の下から冷や汗が伝って流れた。胸の動悸《どうき》が早く、息苦しい。

とっさに、口から出た。

「中村勘解由どのの家臣か」

「えっ」

武士がギョッとした顔になった。

動揺は隠せない。

「なぜ、それを。おのれ、何者だ。くそっ」

武士が真っ向から斬り込んできた。

だが、焦っているのか、踏み込みが十分でないため、とうてい剣先が体には届かない。

甚四郎も反射的に刀をふるったが、間合いが遠すぎ、やはり空を切った。

相手の狼狽《ろうばい》ぶりを見て、甚四郎は気づいた。

武士は剣術の稽古をしていたとしても、防具を身につけ竹刀で撃ち合う道場剣術である。刀を抜くのは甚四郎同様、相手も初めてに違いない。

そう考えた途端、甚四郎はやや落ちつきを取り戻した。

(真剣の斬り合いになれば、団栗《どんぐり》の背競べだぞ)

そう自分に言い聞かせると、不思議に度胸が据わった。

甚四郎が踏み込みながら果敢に斜めに斬りこむ。相手が余裕をもって刀で受けた。

刀身と刀身がぶつかり、火花が散った。キーンと金属音が響く。

相手がすかさず鍔迫《つばぜ》り合いで押し込もうとする。間近に見る相手の顔は、まさに悪鬼の形相だった。

だが、地面の一部はまだ雨でぬかるんでいた。押し込んで甚四郎を突き放そうとした武士は、ずるっと足を滑らせ、思わず体が流れる。

とっさに、甚四郎が柔術の足払いをかけた。石井道場で習った捕縛術のひとつである。

体勢が不安定だったためこらえきれず、武士はあっけなく背中から転倒した。それを見て、甚四郎は刀で思い切り相手の手首を撃った。

手元に骨を痛打した感触が伝わる。

周囲から
「え～っ」

と、恐怖と驚愕《きょうがく》の声が上がった。

いつしか見物人の輪ができていたが、みな甚四郎の刀は刃引きしてあるのを知らない。まさに、手首が無残に切断され、血が噴出するのを想像したのであろう。

ところが、倒れた武士は苦悶《くもん》のうめきを発して刀を手放したものの、まったく血は流れていない。

「ほ～っ」

今度は感嘆の声があがった。

みな、剣術の妙技と思ったようだ。目にもとまらぬ峰打ちと理解したのかもしれない。

甚四郎は見物人の中に妓楼の若い者らしき男を見かけた。

「おい、面番所にひとっ走りして、岡っ引を呼んできてくれぬか」

「へい、伝吉親分ですね。かしこまりやした」

男は素早く着物を尻《しり》っ端折《ぱしょ》りすると、大門の方に向かって走り出した。

＊

連行してきた武士を伝吉と新助、文蔵の三人に監視させておいて、甚四郎は面番所で原田修理に小声で報告した。

聞き終えると、原田も小声で言う。

「お手柄だったぞ。それにしても、あの男はまだ、貴殿が役人であることを知らぬのだな」

「はい、そのはずです。この衣装ですから」

「よし、ここは貴殿が役人であると種明かしはしないでおこう。貴殿はしばらくの間、どこかに姿を隠してくれ。拙者が尋問する」

「はい、承知しました」

原田の意を受け、甚四郎が立ち上がった。

面番所から立ち去る構えを見せながら、挨拶《あいさつ》する。

「では、あとは頼みましたぞ」

「心得ました。あとは、我らにお任せくだされ」

原田がいかにも重々しく言った。

面番所から出て行く甚四郎を、上がり端《はな》に座った武士が睨《にら》みつけていた。

甚四郎の姿が消えたあと、原田が命じた。

「おい、伝吉、その者をここに引き据えろ」

「へい、かしこまりました」

連行されてきた武士が原田の前に座った。

腰の両刀は召し上げられ、転倒したため羽織も袴《はかま》も泥だらけだった。それにもかかわらず、胸を張って武士の威厳を示そうとしている。

「旗本・中村勘解由どのの家臣じゃな」

「さきほどの武士が告げたのでござるか」

「そんなことはどうでもよい。正直に述べぬと、大門から一歩も外に出さぬぞ。吉原は町奉行所の支配下にある。拙者が認めるまで、ご貴殿はここから出られぬぞ。その覚悟はあるのか」

原田が声を荒らげた。

まずは相手を恫喝《どうかつ》しておいて、一転しておだやかに問う。

「ご貴殿の姓名を述べよ」

「中村家の家来、山村辰之助《やまむらたつのすけ》でござる」

大門から出さぬという脅し文句が功を奏したのか、下を向きながら、無念そうに答えた。

「八百半の半兵衛という女衒《ぜげん》に教えられて、姿海老屋に行ったのか」

「ど、どうして、それをご存じで」

山村の目に恐怖がある。

原田が自信たっぷりに言い放つ。

「ご貴殿は町奉行所を甘く見ておるのではないか。姿海老屋の花魁《おいらん》・瀬川はかつて中村家に奉公していたお政であることもわかっておる」

「さ、さようですか。たまたま、さきほどの武士が不審なふるまいをしておりましたので、私が問いかけましたところ、いきなり刀を抜いてきたもので、拙者もやむなく刀を抜いたのです。そういう次第でありまして、決して私闘ではございませぬ」

「仲の町で刀を抜いたのは不届きの至りだが、死傷者が出たわけではないので、ご貴殿はこのまま放免してもよかろう。ただし、これだけは心得ておいたほうがよいぞ。身の破滅になりかねんからな」

「どういうことでござろうか」

「お政どのが中村勘解由どのの側室として迎えられた場合を考えよ。ご貴殿は吉原で、お政どのと肌を合わせたことになる」

「いえ、それは違いますぞ。拙者はあくまで話をしただけで、寝床には入っておりませぬ。肌を合わせたなど、とんでもない誤解でござる」

山村の顔が紅潮し、額に汗が噴き出ていた。

原田がかさにかかって言う。

「姿海老屋に登楼し、瀬川を買ったではないか。話をしただけで、手も握らなかったなど、信じる者はいませんぞ。ご貴殿は主人の側室と密通したことになる。どこから噂が広まるかわかりませぬからな。もしかしたら、吉原が噂の出所になるやもしれませぬぞ」

原田はやんわりと、いざとなれば噂を流すと脅していた。

山村は泣きそうな顔になっていた。主人の側室と密通したなどの噂は、たとえ証拠がなくても致命的である。おろおろしていた。

「いや、しかし、それは……」

「だが、それを避ける方法がありますぞ」

「な、何でしょうか」

「屋敷に戻ったら、ご貴殿に指示した者にこう伝えるのです。

『吉原の姿海老屋で瀬川に会ってたしかめが、かつてお屋敷に奉公していたお政ではなかった。もとの名は昌《まさ》という、まったくの別人だった。女衒が字を間違えたようだ』

とね。そうすれば、貴殿は災難から逃れられましょう。あとは、沈黙をつらぬくのです。おわかりですか。お政どのも、ご貴殿に対して知らないふりをするはず」

「わ、わかりました。お言葉の通りにいたします」

山村が絞り出すような声で言った。

原田が中間の新助に命じた。

「山村どのに刀を返して差し上げろ」

（三）

富永甚四郎は石井道場に行く支度《したく》をしているところだった。

先日、仲の町で山村辰之助と刀を交えて以来、稽古にも一段と真剣さがましていた。やはり、武芸の必要性を痛感したのだ。

そのとき、玄関に誰か来て、妻のお八重が応対している声が聞こえた。

いぶかしく思っていると、お八重が来て言った。

「岡っ引の伝吉という方がいらしてますよ」

「え、伝吉が」

甚四郎は驚いて玄関に出る。

三和土《たたき》に立った伝吉が小腰をかがめた。

「非番の日に申し訳ないのですが、これから大伝馬町二丁目までご足労を願えませんか」

「どうかしたのか」

「肥前屋の倅《せがれ》の慎之介が刺されて、死にかかっていやしてね。これから駆け付ければ、どうにか間に合うと思うのですよ」

「え、慎之介が刺された……」

甚四郎は言葉を失う。

慎之介は叶屋の花魁の浮舟を絞殺して捕縛されたものの、肥前屋と叶屋との間で内済が成立して、放免されていたのだ。

「くわしい事情は、まだわかりませんがね」

「原田さまは、どう言われておるのだ」

「まず原田の旦那にお知らせしたのですがね。旦那が言うには、

『拙者が行くまでもあるまい。てめえと富永どので、うまくやってくれ』

とのことでしてね」

伝吉が笑いをこらえている。

甚四郎は、原田修理に非番の日の仕事を面倒がる気分があるのはたしかだとしても、それ以上に、自分に経験を積ませようとしているのだと察した。

とくに、浮舟の検屍《けんし》をおこない、慎之介捕縛の端緒を作り、召し捕りの場にもいたのは甚四郎なのだ。

やはり最後まで見届けたい。

「わかった。では、これからすぐに行こう。聞いての通りだ。ちと、出かけてくる」

甚四郎は伝吉に応じたあと、お八重に言う。

お八重が案じた。

「着替えはしなくても、よろしいのですか」

甚四郎はちょっと迷った。

正式な任務ではないし、慎之介が瀕死《ひんし》の状態だとすれば、一刻も早く行かねばならるまい。着替えをする手間も惜しい。

「うむ、このままで行こう」

甚四郎は草履に足をおろした。

歩きながら伝吉が言った。

「慎之介は肥前屋という唐物屋の倅でしたね」

「うむ、そうだったな」

「今朝早く、肥前屋の使いが面番所に行ったらしいのです。ところが、わっしはいませんからね。使いの者は面番所でわっしの住まいを聞き出し、改めて浅草元吉町

の家にやってきたわけです。そして、

『若旦那の慎之介さまが昨夜、刃物で刺されました。若旦那が、伝吉親分とお役人に話したいことがあるので、ぜひ、肥前屋に来てほしい、とのことです』

と、言うじゃありませんか。

『慎之介の傷の具合はどうなのだ』

『お医者の診立てでは、とうてい助からない。もっても、せいぜい今日の夕方くらいまでであろう、とのことでございます』

それを聞くと、わっしも放ってはおけやせんや」

「たしかに、そうだな。今日夕方までの命か。慎之介は死ぬ前にそなたと拙者に何を告げようとしているのか。これは立ち会わざるを得まい。急がねばならぬな」

「それで、わっしはすぐに八丁堀に駆け付け、原田の旦那に相談したのですがね。さっきも言った通りで、わっしと富永の旦那で当たることになったわけです」

「うむ、いきさつはわかった。

ところで、慎之介は誰に刺されたのか」

「誰に刺されたのか、なぜ刺されたのか、どこで刺されたのか、まったくわかりやせん。慎之介はわっしと旦那に聞いてほしいのでしょうな」

「ふうむ、大伝馬町界隈《かいわい》を縄張りとする岡っ引もいるであろう。そんななか、そなたと拙者をわざわざ呼ぶのは、吉原がらみということだろうな」

「へい、わっしもそう睨《にら》んでいやすよ。もしかしたら、内済になった、叶屋の浮舟殺しに絡んでいるかもしれやせんぜ」

「ふうむ、内済に納得していない者がいたのかもしれぬな」

甚四郎も、浮舟殺しに関係している気がしてならなかった。

だが、いまはたんなる憶測である。

慎之介に面会すれば、本人の口からすべてがわかるであろう。

甚四郎と伝吉は大伝馬町に向け、足を急がせた。

＊

大伝馬町一丁目の通りの両側には木綿問屋が軒を連ねていた。

先日、甚四郎は大伝馬町を歩いていたのだが、唐物屋さがしで頭がいっぱいで、街並みをながめる余裕はまったくなかった。今日、あらためてながめる。

通りを、荷物を満載した大八車が行く。ひとりが車を引き、ふたりが後押しをしていた。

「このあたりは俗に『木綿店《もめんだな》』と呼ばれていやすぜ」

伝吉が説明した。

甚四郎は思い出した。

「そういえば、殺された花魁《おいらん》・浮舟、つまりお初の実家である河内屋は、ここ大伝馬町一丁目だったな」

「へい、河内屋をお教えしやしょう」

伝吉はすでに場所を知っているようだ。

どの木綿問屋も黒漆喰《しっくい》塗りの堂々たる店構えである。屋根の上には防火用の天水《てんすい》桶《おけ》が置かれ、店と店の境には延焼を食い止める梲《うだつ》がもうけられていた。

「旦那、あそこですぜ」

伝吉が指で示した店を見ると、紺地に白く「かわちや」と染め抜いた暖簾《のれん》がかかっていた。外見からするかぎり、普通に営業しているようだ。

「河内屋の主人は娘のお初が、遊女浮舟として死んだことを知っているのだろうか」

「おそらく、知らないでしょうな。もし、おせっかいな野郎が知らせても、『お初はとっくに親子の縁を切りました。河内屋とは何の関係もございません』

と、突っぱねるはずですぜ。店を守るためには、妙な親心は禁物ですからね」

「ふうむ、そうかもしれぬ。お初は三ノ輪の浄閑寺に葬られたが、墓標もないからな」

甚四郎は検屍した死体を思い出し、哀れを覚える。

伝吉がはずんだ声で言った。

「旦那、大丸《だいまる》ですぜ。さすが、にぎわっていますな」

呉服屋の大丸だった。駿河町《するがちょう》の越後屋《えちごや》に並ぶ江戸の大店である。軒先に、

けんきん　かけねなし　呉服太物類　大丸屋

と書いた大きな看板が掛かっていた。

越後屋と同じく、大丸も現金払いであり、けっして初めに高い値段を吹っ掛け、その後値引きするような、掛値《かけね》商法はしないと標榜《ひょうぼう》していた。呉服は絹織物、太物《ふともの》は麻・綿織物の総称である。

さきほどながめた河内屋も大店だったが、大丸の規模の大きさは桁違《けたちが》いだった。しかも、若い娘が店先に群れている。

「ふうむ、ここが大丸か。名前は知っておったが、拙者はこれまで縁がなかった」

「へへ、大丸に縁がないのは、わっしも同じですぜ」

伝吉が笑った。

大伝馬町二丁目に入ると木綿問屋は姿を消し、茶葉や針などを扱う雑多な問屋が目立つようになる。そんな中に、唐物屋の肥前屋はあった。

店頭に出ていた手代らしき男に、伝吉が用向きを告げた。

「へい、お役人と親分でございますか。うかがっております。どうぞ、お上がりください」

甚四郎と伝吉が履物を脱いで店に上がると、奥に案内された。

長い暖簾をくぐると、廊下が奥に続いている。廊下を進み、奥座敷に通された。

座敷の中央に布団が敷かれ、慎之介が仰向けに横たわっていた。周囲に、両親や兄弟らしき者がいる。先日、面番所に来た番頭もいた。

頭は剃髪《ていはつ》し、黒羽織姿で、腰に脇差《わきざし》を差した初老の男がいた。漢方医のようだ。

甚四郎はまず医者のそばに行き、ささやいた。

「町奉行所の者じゃ。容態はどうか」

「腹部を刺されておりましてね。内臓がひどく傷ついております。回復の見込みはございません。傷の縫合はせず、包帯をして血止めだけしております」

「なるほど」

甚四郎は漢方医の処置は適切だと思った。

斬り傷は針と糸で縫い合わせることで対処できるが、刺し傷は縫合しても意味がない。内臓が傷ついていたら、もう手の施しようがなかった。

慎之介の枕元に座って何やら小声で話していた伝吉が、居合わせた人間を見まわして言った。

「みんな、ちょいと遠慮してくんな。慎之介が三人だけにしてくれと言っている。慎之介と、わっしと、お役人の富永さまだ」

「しかし、あたくしは父親ですから」

「おい、これは、お奉行所のお役人のお調べだぞ。それに、慎之介本人が人払いをしてくれと言っているんだ」

伝吉が肥前屋の主人をねめつける。

みなは気圧《けお》されたように立ち上がり、座敷から出て行った。

甚四郎は改めて慎之介の枕元に座りながら、面変わりしているのに驚いた。顔色は蒼白《そうはく》で、目が落ちくぼみ、頬がこけていた。まだ人の死を看取ったことはなかったが、これが死相なのかもしれないと思った。

甚四郎が言った。

「誰に刺されたのか」

「清三郎です」

「お初と駆け落ちし、あげくは吉原の叶屋に売り飛ばした清三郎か」

「はい」

「おい、なぜそんなことになったのか、初めから話してみろ」

「清三郎は、あたしがお初を殺したものの、内済になって放免されたのを知り、強請《ゆす》ってきたのです」

「ほう、清三郎という男はなかなかの悪党だな。しかし、どうやって、そなたに接触してきたのだ」

「清三郎は吉原で文使《ふみつか》いをしているのです。そのため、妓楼《ぎろう》の内情も知っていたのでしょう。

あたしに手紙を届けてきたのが、なんと清三郎本人でした」

慎之介が笑おうとしたが、痛みが襲ってきたのか、歯を食いしばってこらえてい文使いに甚四郎がピンと来ていないのを見て取り、伝吉が説明する。

「文使いは、遊女の手紙をあずかって客の元に届ける商売でしてね。読み書きができるのはもちろん、機転の利く男でなければ勤まりやせん」

甚四郎が質問を続ける。

「で、清三郎は何と言ってきたのだ」

「自分はお初を請け出すつもりだった。たとえ叶屋と内済しても、自分は許さない。せめて、詫《わ》び金として十両寄こせと、まあ、そんな内容でした」

「ふうむ、それで、そなたは親父どのに話したのか」

「いえ、お父っさんにはとても言えません。あたしの内済で、大金を使わせてしまいましたから。今回は自分ひとりで解決しようと思ったのです」

「ほう、それは感心だ。どこで会ったのか」

「近くの、東堀留川《ひがしほりどめがわ》の河岸場です。日が暮れて、人がいなくなってからという約束でした。あたしは用心のため、短刀をふところに入れていました。

清三郎と話をしているうち、この男がお初を売り飛ばしたのかと思うと腸《はらわた》が煮えくり返るようでした。しかも、お初を請け出すつもりだったなどと、そんな気などさらさらないくせに、しゃあしゃあと言っているのですからね。

いつの間にか罵《のの》り合いになり、揉《も》み合いになったのです。あたしは脅すつもりで短刀を取り出したのですが、いつの間にか奪われてしまい、あたしの方が刺されてしまったのです。

たまたま河岸場を通りかかった人が、倒れているあたしに気づいてくれましてね。肥前屋に知らせてくれたのです」

「そうか、よくわかった」

甚四郎は慎之介の説明に矛盾は感じなかった。

伝吉が横から言う。

「ふうむ、おめえを刺し殺したのは清三郎だったか。

いや、おめえはまだ死んでいなかったな。すまねえ、口がすべった。

吉原で文使いをしているのなら、清三郎の住まいはすぐにわかるぜ。必ず召し捕る」

慎之介が伝吉と甚四郎を交互に見た。

「清三郎は召し捕られたあと、どうなるでしょうか」

「斬首刑じゃ。首を斬られる」

甚四郎が断言した。

それを聞き、慎之介の顔が心なしかほころんだ。

慎之介の言い分にいくらか自分に都合のよい表現はあるにしても、清三郎に刺されたのはまぎれもない事実である。甚四郎としては、せめて死にゆく者を安堵《あんど》させてやりたかった。

伝吉が締めくくる。

「お役人もああ言っておられる。敵《かたき》は討ってやるぜ。おめえ、安心して冥途《めいど》に旅立ちな」

「はい、ありがとうございます」

慎之介の声には幸福感がにじんでいた。

甚四郎と伝吉が廊下に出ると、すぐに慎之介の父親が寄ってきた。

「どういうことに、なったのでございましょうか」

「慎之介を刺した者はわかった。その者は必ず召し捕り、裁きにかける」

甚四郎が言った。

伝吉が、そばにいる医者に声をかける。

「おめえさん、『ご臨終です』と宣告するつもりなら、急いだほうがいいぜ」

漢方医の顔は無礼な言辞への怒りで引きつっていた。

（四）

夜明かしをした伊藤源八と竹内久造が引継ぎをして去るのを待っていたかのように、岡っ引の伝吉が姿を見せた。

到着したばかりの富永甚四郎と原田修理に向かい、

「清三郎の住まいを突き止めやしたぜ。文使いをしているということで調べたら、すぐにわかりやしたよ。揚屋町の裏長屋に住んでいます」

伝吉が小鼻をふくらませて言った。

自分の手際のよさに、やはり得意のようだ。

原田があっさり甚四郎に言った。

「では、伝吉と一緒に行って、召し捕ってきてくれ。素人《しろうと》のお初を連れて駆け落ちしたあげく吉原に売り飛ばし、果ては慎之介を刺し殺した男だからな。なんなら、召し捕る際、十手でぶちのめしてもかまわんぞ」

「はい、では、行ってまいります」

甚四郎は面番所を出て、伝吉とともに揚屋町に向かう。

仲の町を意気揚々と歩く伝吉に、甚四郎が言った。

「先日、鵜《う》呑《の》みの久七とかいう女衒《ぜげん》を訪ねて、揚屋町の裏長屋に行ったではないか。もしかして、同じ長屋か」

「いえ、別な長屋ですがね。清三郎は独り暮らしのようですぜ」

話をしながら、仲の町から揚屋町に入った。

紙屋と蕎麦《そば》屋《や》のあいだに木戸門があり、路地が奥にのびている。路地の両側には平屋の長屋が続いていた。

どぶ板を踏みしめながら路地を奥に進んでいくと、ちょっとした広場があり、井戸、総後架、ごみ捨場があった。

井戸端では、数人の女が洗濯をしながら世間話に興じている。

ごみ捨場からは饐《す》えたような臭いがただよっていた。西瓜《すいか》の皮や魚の骨などが捨てられているのであろう。

ごみ捨場近くの地面に、同じく赤ん坊を背負った女の子ふたりがしゃがみ、おはじきをしていた。おんぶしているのはそれぞれ幼い弟か妹であろうが、赤ん坊の顔を見ても性別はわからなかった。

下駄を履いた子供数人が路地を走り抜け、どぶ板が響いた。

「ここですな」

伝吉が立ち止まった。

入口の腰高障子は閉じられている。腰高障子には、

てんまや　清三郎

と書かれていた。なかなかの達筆である。伝馬屋《てんまや》は、文使い商売の屋号だろうか。

甚四郎はふと、清三郎が呉服屋の倅《せがれ》だったのを思い出した。子供のころは真面目に手習いをしていたに違いない。

「留守のようですな」

伝吉がつぶやいた。

隣は入口の腰高障子は開け放たれていた。中にいた女は伝吉と甚四郎の姿が見えたのであろう。

三十前後の女が路地に顔を出した。

浴衣《ゆかた》を着ていたが、衿がはだけ、汗ばんだ乳房がほとんど見えていた。

武士の甚四郎は敬遠し、伝吉にぞんざいな声をかけた。

「清三郎さんを訪ねてきたのかい」

「うむ、ちょいと用があったのだが」

「清三郎さんは、さっき出かけたよ」

「どけえ行ったか、わかるか」

「商売でしょうよ」

「おい、ちょいと教えてくれ。清三郎はいつもの商売のかっこうだったか。もしかして、旅のかっこうをしていなかったか」

甚四郎はそばで聞きながら、伝吉が清三郎の逃亡を警戒しているのを知った。甚四郎はまったく想像すらしていなかった。経験を積んだ岡っ引の知恵に、ひそかに感心する。

「さあ、そこまで見ていませんよ。いつものかっこうだったと思いますけどね」

「そうか、ありがとうよ。

となると、あちこち歩きまわっているはずですな。行きやしょう」

伝吉が女に礼を言ったあと、甚四郎をうながす。

＊

まず京町一丁目と京町二丁目の表通りを歩いたが、文使いらしき男は見かけなかった。

妓楼《ぎろう》では、遊女はすでに朝湯も朝食もすませたであろう。昼見世が始まる九ツ（正午頃）まで、遊女は自由時間だった。

もし遊女が文使いに手紙を託すとすれば、この時間帯である。

「文使いは忙しく歩き回っているはずですがね。ただし、手紙を受け取るため妓楼の中にいると、姿は見えませんな」

伝吉があたりを見まわしながら言った。

甚四郎も左右に目を配る。

「ともかく通りを全部歩いて、面番所に戻ろう。もし見つからなければ、夕暮れ前に、長屋を訪ねるしかあるまい」

続いて、角町を歩いたが、やはり文使いの姿はなかった。

江戸町一丁目の表通りに入ると、

「文使い、伝馬屋、よろしゅう。文使い、伝馬屋、よろしゅう」

という声が聞こえてきた。

千草色《ちぐさ》の股引《ももひき》を穿《は》き、単衣《ひとえ》の着物を尻《しり》っ端折《ぱしょ》りした男が、左右の妓楼に向かって声をあげながら歩いていた。小さな風呂敷《ふろしき》包《づつ》みを背中に背負っている。

伝吉と甚四郎は顔を見合わせた。

「いましたな、野郎ですよ」

「うむ、たしかに伝馬屋と聞こえたぞ」

ふたりとも思わず笑みが浮かぶ。

素早く打ち合わせたあと、伝吉が足を速めて清三郎を追い抜いた。甚四郎は清三郎の背後に迫る。

いったん追い抜いた伝吉が突然、後ろを向いた。

「おい、てめえ、清三郎だな」

足をとめた清三郎が急に身をひるがえすと、走って逃げようとする。

甚四郎はとっさに体を左に寄せて、ぶつかるのを避けたかのように見せかけながら、さっと右手をのばして、清三郎の右手首をつかんだ。

いったん清三郎の腕を真上に引き上げておいてから、甚四郎は左足を軸にして右足を後ろに引いた。そして、清三郎の右肘《みぎひじ》の関節をきめると、そのまま前に引き倒す。

清三郎は顔面から地面に突っ伏した。伸びきった右手の肘《ひじ》と手首は、甚四郎が上からのしかかるように押さえていた。石井道場で習った捕縛術である。

「うう、うう」

うつ伏せに倒れ込んだ清三郎は苦痛にうめいている。

「神妙にしろい」

伝吉がふところから捕縄を取り出し、手際よく清三郎を縛り上げた。

縛られ、地面にへたり込んでいる清三郎に、伝吉が言った。

「肥前屋の慎之介は死んだぜ。だが、息絶える前に、文使いの清三郎に刺されたと、わっしとこちらのお役人を前にして、はっきり言った。もう、言い逃れはできねえ。観念するんだな」

清三郎はがっくり肩を落としている。

顔は泥まみれで、しかも鼻血を流している。もとは武家屋敷の奥女中や腰元相手の訪問商売をしていたとなれば、それなりに色白な好男子のはずなのだが、いまその顔は汚濁にまみれていた。

「さあ、さっさと立ちやがれ」

伝吉が清三郎の尻を蹴《け》りつけた。

＊

報告を聞き終え、原田が言った。

「うむ、では清三郎は江戸町一丁目の自身番に拘留しているわけだな。よし、拙者がこれから手紙を書き、新助に北町奉行所に届けさせる。奉行所から小者に来てもらい、清三郎の身柄を引き取ってもらおう」

甚四郎は前回、原田家の中間の新助が使者に立ったのを思い出した。やはり、富永家の中間の文蔵にも経験させた方がよかろう。

「原田さま、今回は文蔵に届けさせてはいかがでしょうか」

「うむ、そうだな。では、そうしよう」

原田が手紙を書き終え、文蔵に託した。

文蔵が北町奉行所に出立したあと、伝吉が原田に言った。

「旦那、清三郎はどうなるでしょうかね」

「処刑されるだろうな。死刑になるのは間違いないのだが、死刑にも等級があってな。

一番重いのが磔《はりつけ》じゃ。市中引廻《まわ》しのあと、小塚原《こづかっぱら》か鈴《すず》ヶ森《がもり》の刑場で柱に縛り付け、槍《やり》で突き殺す。

次が、獄門。市中引廻しのあと、小伝馬町の牢屋敷《ろうやしき》内で斬首する。首は小塚原か鈴ヶ森で獄門台にのせて晒《さら》し、首のない遺体は刀の試し切りに用いられる。

次が火罪《かざい》。市中引廻しのあと、小塚原か鈴ヶ森で柱に縛り付け、茅《かや》と薪《まき》で焼き殺す。ただし、この火あぶりの刑が適用されるのは、放火をした者だけだ。

次が死罪。牢屋敷内で斬首し、首のない遺体は試し切りに用いられる。

最後は下手人《げしゅにん》。牢屋敷内で斬首される。遺体は試し切りにはされない。

以上の、五段階がある。

まあ、清三郎は死罪か下手人に処せられるであろうと見ておる。

死罪も下手人も首を斬られるのに変わりはないが、体が試し切りでずたずたにされるか、されないかの違いだな」

「首を斬られたあとですから、体がずたずたにされても、痛くも痒《かゆ》くもないでしょうがね」

伝吉が評した。

甚四郎が思いついて言った。

「慎之介のお初殺しは、実家の肥前屋が金を出して内済にしました。清三郎の実家は呉服屋なので、大店と思われます。清三郎の慎之介殺しも内済になるのではありますまいか」

「清三郎はお初と駆け落ちをした時点で、勘当になっているだろうよ。大店は家を守らなければならないからな。家を守るのに汲々《きゅうきゅう》としている点では、武家と同じだな」

原田が自嘲《じちょう》気味に言った。旗本の中村家が念頭にあるに違いない。

その後、甚四郎は、死んだ慎之介と清三郎の最後を考えた。

慎之介はお初を絞め殺したが、内済になって処罰は免れた。しかし、けっきょく清三郎に刺殺された。

清三郎はお初を売り飛ばし、慎之介を刺し殺したが、最後は捕縛され、死刑になる。

(慎之介も清三郎も、それぞれ相応の天罰を受けたと言えような)

哀れをとどめたのが、お初である。大名屋敷で奉公していたのを箔《はく》にして良家に嫁ぐはずが、清三郎に迷って駆け落ちし、あげくは裏切られて吉原に売られた。そして最後は、元の恋人の慎之介に絞殺されたのである。なんという転落ぶりだろうか。

唐突に、甚四郎は妻のお八重を思い浮かべた。

(兄の栄太郎が死んだあと、もし俺の妻となっていなければ、お八重はどうなっていたろうか)

もちろん、お八重が吉原に売られるはずはないが、もしかしたら大きく運命が変わっていたかもしれなかった。

(はたして、お八重にとって、どちらがよかったのだろうか)

ともに親に従った今の形がよかったのだと、甚四郎は考えたかった。お八重にとっても、自分にとっても……。

(お八重は俺の妻だ)

改めて自分に言い聞かせる。

不意に甚四郎は目頭が熱くなり、誤魔化すため、あわてて格子の外に視線を向けた。

大門の人の出入りは途切れることがない。

（五）

暑い日が続いていた。

屋根舟に乗り込み、山谷堀に向けて隅田川をさかのぼり始めると、川風が吹き込んでようやく涼を感じる。

すれ違う屋根舟や猪牙舟《ちょきぶね》の船頭は、ふんどし一丁の姿の者も少なくなかった。川面《かわも》を蜻蛉《とんぼ》が飛び交っている。八丁堀の屋敷では蟬時雨《せみしぐれ》が耳を聾《ろう》するほどだが、さすがに隅田川に出ると、蟬の声も届かない。

しばらくして、額や首筋から汗が引いたあと、富永甚四郎が言った。

「旗本の中村勘解由どのから黒羽二重《くろはぶたえ》の反物《たんもの》が届きました」

「うむ、拙者のところにも届いたぞ」

原田修理は平然としている。

「受け取っても、よろしいのでしょうか」

「ああ、かまわんさ」

「姿海老屋の瀬川、つまりお政どのの身請けがうまくいき、その謝礼ということでしょうか」

「まあ、そう解釈してよかろう。

まず、貴殿に説明しておかねばならぬことがある。もちろん、身請けに関することだがな。

じつは、一昨日《おととい》、北町奉行所に呼び出され、お奉行の永田備後守正道さまと、内与力の青木長十郎さまにお目にかかり、このたびの瀬川の身請けがうまくいったことについて、ねぎらいの言葉をいただいた。

そのとき、青木さまが言われるには、

『本来であれば富永甚四郎も呼ばねばならぬところなのだが、ふたりそろうと、面番所の件と察し、気をまわす者が出るであろう。そのため、あえて、そのほうだけにした』

ということだった。

だから、お奉行からねぎらいの言葉をいただいたのは、拙者と貴殿ということじゃ。拙者が代表して出向いたのだと考えてくれ」

「さようでしたか」

甚四郎に原田への羨《うらや》ましさがまったくないわけではない。だが、それ以上に、青木の深謀遠慮に感銘を受ける方が大きかった。

「中村勘解由どのの家来の杉原藤助どのが姿海老屋におもむき、楼主の与右衛門と交渉して、瀬川を身請けしたそうじゃ。金額などは知らされておらんがな。かくして、花魁《おいらん》・瀬川はお政に戻ったわけだな」

「すると、お政どのはいま、どうしているのですか」

「中村家に出入りの酒屋があずかっているそうじゃ。酒屋の主人夫婦付きの、奥向きの女中という扱いだそうでな。

しばらくのあいだ、お政どのは酒屋の女中として生活し、遊女の垢《あか》を落とすわけだ。

この措置も杉原どのが手筈《てはず》をととのえたようだな。杉原どのはなかなかの辣腕《らつわん》だぞ」

「そういえば、お政どのが産んだお沢こと、沢之助どのを育てたのも杉原夫妻でしたね」

「うむ。沢之助どのは中村家の世子となった。そのうち、お政どのは中村家に迎えられ、中村勘解由どのの側室になる。沢之助どのが中村家の家督を継げば、お沢どのは旗本の生母になるわけじゃ」

「中村どのの正室の宮子どのや、側室のお巻どのはどうなるのでしょうか」

「さあ、そこまでは拙者もわからぬ。しかし、宮子どのもお巻どのも、鬱々《うつうつ》とした日々になろうな」

「ちょっと気の毒な気もしますが」

甚四郎は姿海老屋の一室で、自分の帯を解こうとした瀬川を思い出した。

あの瀬川が、旗本の側室に、そして旗本の生母になるのだ。

ひとりの女が幸せをつかんだと考えると、甚四郎は胸の奥が温かくなるのを覚えた。

一方で、甚四郎の中村に対する感情は複雑だった。

そもそも、今回の騒動は中村の好色が原因だったのではなかろうか。宮子という妻がいながら、屋敷内で女中のお巻と下女のお政に手を出し、それぞれ身ごもらせた。そう考えると、醜悪ですらある。

しかし、中村の行為の背景にあったのは、やはり宮子との冷ややかな関係だったのではなかろうか。

中村と宮子の婚姻は、それぞれの父親が取り決めたはずである。いわば政略結婚だった。それまで話をしたこともない、ろくに顔を見たこともない男女が夫婦になるのだ。

だが、夫婦として一緒に暮らすうち、しだいに情愛が芽生えるであろう。だが逆に、知れば知るほど相手がうとましくなることもある。中村と宮子の関係はまさに後者だったに違いない。

ひるがえって、甚四郎は妻との関係に思いをはせる。

当初こそ、ぎこちない面はあった。だが、その後、おたがいを知るうちに親密さがましているのではなかろうか。

「そろそろ堀だぞ」

原田が言った。

甚四郎はハッと我に返った。

いまでは、堀が山谷堀のことだとわかっている。

「日本堤は暑いだろうな。それを考えると、舟をおりるのがいやになるな」

「同感です」

そう言いながら、甚四郎は一文字笠《いちもんじがさ》を手にした。

日本堤を歩くとき、一文字笠をかぶるつもりである。

＊

面番所に着くと、いつもならそそくさと引継ぎをすませて帰っていく伊藤源八と竹内久造が妙にぐずぐずしていた。

伊藤がさりげない口調で原田に話しかける。

「ご貴殿は一昨日、奉行所に出向いたそうだな」

「うむ、行きましたぞ」

原田の返事はそっけない。

それだけに、伊藤はますます気になるらしい。

「何か用事ができたのか」

「いや、面番所のことではない」

「ふうむ、そうか」

伊藤と竹内の視線に猜疑《さいぎ》がある。

甚四郎は伊藤と竹内が原田の動向を知っているのに驚いたが、考えてみると不思議はない。与力や同心は八丁堀に固まって住んでいるのだ。

北と南の所属の違いはあっても、また勤務場所が奉行所か面番所かの違いはあっても、住む場所が接近しているだけに、おたがいに密接な交流があった。

伊藤と竹内も、原田が奉行・永田備後守正道と内与力・青木長十郎に面会したらしいことを、誰かからいち早く聞きつけたのであろう。そして、ふたりは疑心暗鬼になっているわけだった。

原田はあまり冷ややかな態度を続けるのも気が引けたのか、

「じつは、先日、ご貴殿らから引き継いだ事件だよ」

と、さも内密らしく打ち明ける。

「え、われらから引き継いだ……」

伊藤と竹内の目が細くなる。自分たちの失態につながりはしないかと、不安なのであろう。

「京町一丁目の叶屋で花魁が殺された事件だ。こちらの富永どのが蘭方を駆使して調べ、見事、下手人の捕縛に結び付いた」

「うむ、先日、聞いたぞ」

「お奉行からは、

『死体の検分に蘭方を用いるとは画期的だ。今後は、検使をする役人は蘭方を学ぶようにすべきだな』

というお言葉をいただいた」

原田は巧妙に話題をずらし、かつ相手を煙《けむ》に巻いている。

ふたりはなおも懐疑的だった。

「では、富永どのはなぜ奉行所に行かなかったのだ。本人ではないか」

「まだ若いし、面番所に三ヵ月もいないのだぞ。お奉行の前に出るのは恐れ多い。それで、拙者ひとりが出向いたわけだ。まあ、拙者としては富永どののおかげで、面目を施したわけだがな」

「ふうむ、そうか」

伊藤と竹内はようやく納得したようである。

＊

昼食が終わったころ、大柄な男が面番所にやってきた。

「お役人の富永甚四郎さまと伝吉親分はこちらですか」

見ると、女衒《ぜげん》の八百半の半兵衛だった。

伝吉がぶっきらぼうに言う。

「おい、ここは、おめえのような人間が顔を出すところじゃねえぞ」

「いえね、ちょいとお耳に入れておいた方がいいかと思いましてね」

原田が甚四郎と伝吉に、話を聞いてやれと目で合図をしたあと、自分は窓のそばに座った。

甚四郎と伝吉が入口近くに出て行く。

半兵衛は上がり框《がまち》に腰をおろした。

「お忙しいところ、申し訳ないです」

「いや、ちっとも忙しくねえ。おめえ、歓迎するぜ」

伝吉の口調はどこまで本気なのかわからない。

甚四郎は、もっぱら半兵衛の相手をするのは伝吉に任せる。

半兵衛が手拭《てぬぐい》で額の汗を拭《ふ》いた。

「料理屋・若松の主人だった藤左衛門さんが、後妻のお政さんをあたしに売りました」

「うむ、それは知っているぜ」

伝吉が素っ気なく言う。

半兵衛はひと呼吸置いた。

「藤左衛門さんが殺されましたよ」

「なんだと」

伝吉が目を剝《む》いた。

甚四郎も息を吞《の》む。

すぐに頭に浮かんだのは、自分と同じ夜に姿海老屋に登楼していた、中村家の家臣の山村辰之助である。

だが、山村は原田に恫喝《どうかつ》され、その後は中村家では貝のように口を閉じ、目立たないようにしているはずである。いまさら山村が藤左衛門を殺す理由がない。甚四郎はすぐに頭から山村を消した。

半兵衛は伝吉と甚四郎が驚いている様子を見て、満足そうだった。

「どうやって殺されたのだ」

「夜道で、棍棒《こんぼう》のようなもので殴り殺されたようですぜ」

「ほう、下手人はわかったのか」

「藤左衛門さんは多くの人から恨みを買っていましたからね。方々に借金を作り、最後は女房のお政さんをあたしに売って、まとまった金を作り、逃げ出したわけですから。奉公人は見捨てられたも同然でした。

行方が知れなかったのですが、最近、江戸に舞い戻っていたようなのです。そこを、誰かに見つかったのではないでしょうか」

ここに至り、甚四郎はようやく謎が解けた気がした。

藤左衛門が江戸に舞い戻っていたため、山村はたまたま居場所を突き止め、そして八百半の半兵衛にたどり着いたのだ。もちろん、山村は自分が幸運だったとは考えていないであろうが。

「ふうむ、しかし、おめえ、なぜ、そんなにくわしいのだ。おい、おめえが藤左衛門を殺したんじゃねえのか」

「親分、悪い冗談はやめてくださいよ。じつは、別な親分にあたしは、こっぴどくいじめられたんですから」

「それ、見ろ。やはり、おめえは怪しいんじゃねえか」

伝吉がずばり相手の顔を指さす。

半兵衛の顔から汗がしたたっていた。

そばで聞いている甚四郎にも、伝吉が本気なのか、からかっているのかはわから

ていくことで、本音を引き出そうとしているらしい。だが、こうやって相手を追い込んでいくことで、本音を引き出そうとし

「親分、最後まで聞いてくださいな。殺された藤左衛門さんの住まいを調べると、あたしと取り交わしたお政さんの身売り証文があったそうでしてね。それで、あたしの名がわかり、事情を調べられたのですよ。

あたしは正直に事情をお話しし、お役人の富永甚四郎さまや伝吉親分にも、お調べで力をお貸ししたことを申し述べたのですがね。まあ、それで、あたしは信用してもらったわけでして」

半兵衛は最後はしどろもどろになっていた。

伝吉が笑い出した。

「おい、おめえ、富永さまやわっしの名を持ち出して、岡っ引の追及を逃れたのだな。あとになって気になり、承諾を得に来たわけか」

「いえ、まあ、そのう、へへ、まあ、そういうわけでして」

「いつもなら、頬桁《ほおげた》を思い切り張り飛ばすところだがな。

まあ、そのくらいは大目に見るぜ。今回は、おめえのおかげの面もあるからな。

旦那、名前を勝手に出されたようですが、どうしやすか。手討にするという方法

もありやすがね」

「うむ、今回に関しては、大目に見よう」

甚四郎は笑いたくなるのを押し隠し、重々しく言った。


半兵衛が何度も頭を下げて帰っていったあと、伝吉がポツリと言った。

「藤左衛門は自業自得ですな」

「うむ、拙者もそう思うぞ。藤左衛門の死を悼《いた》む者はおるまい」

甚四郎は感慨を述べながら、窓のそばに戻る。

持参金目当てにお政を後妻《めと》に娶り、その後は自分の妻を女衒に売り渡し、奉公人を見捨てて自分だけ金を持って逃げた藤左衛門は、どう考えても悪辣《あくらつ》である。やはり天罰を受けたと言ってもよいのではあるまいか。

ふたりのやとりを聞いていた原田が評した。

「拙者も藤左衛門は自業自得と思うがな。しかし、藤左衛門を殺した者は人殺しに変わりはない。しかも、単純な事件じゃ。おそらく、岡っ引が下手人を突き止めるだろうな」

そして、原田が述べたのは、藤左衛門を殺した者は召し捕られ、処罰されるということだった。

（藤左衛門殺しの代償は打ち首か……）

甚四郎は粛然とした気分になる。

犬が一匹、大門から外に出て行った。誰も気にしていない。犬は自由に出入りしているようだ。

窓の外を見ていて、甚四郎は八百半の半兵衛が大門のそばで誰やらと立ち話をしているのに気づいた。

商売柄、吉原の関係者に知り合いは多いのであろう。そう考えると、半兵衛は砂利場にこそ住んではいるが、およそ一万人の吉原の定住人口のひとりと言ってもよいのかもしれない。

いや、いまや甚四郎も一万人の一員ではあるまいか。

妓楼《ぎろう》の関係者や通人は吉原を吉原とは言わない。気取って「里《さと》」、「中《なか》」、「町《ちょう》」などという。

そうすると、甚四郎はすでに「里の役人」、「中の役人」、「町の役人」なのかもしれない。

しかも、甚四郎は自分に、吉原の同心としてやっていく気構えが生まれているのを自覚していた。まったくの方向転換と思っていたが、決してそうではない。考えようによっては、かつて懸命に学んだ蘭学や蘭方医学の知識と経験も、ここ吉原で生かせそうだった。

いや、たんなる町の蘭方医になるより、吉原の方が思いもよらなかった蘭学や蘭方医術の応用ができるかもしれない。

甚四郎は窓の格子越しに夜空を見上げた。窓から月は見えなかったが、まさに満天の星である。

（お八重は今ごろ行灯《あんどん》のそばで、戯作《げさく》を読んでいるのかな）

甚四郎はふと妻の姿を想像した。

思わず、ふっと笑みが漏れる。

これから翌朝四ツ（午前十時頃）までの勤務である。

本書は書き下ろしです。

吉原同心《よしわらどうしん》　富永甚四郎《とみながじんしろう》

永井義男《ながいよしお》

令和６年 10月25日　初版発行

発行者●山下直久

発行●株式会社KADOKAWA
〒102-8177　東京都千代田区富士見2-13-3
電話　0570-002-301（ナビダイヤル）

角川文庫 24375

印刷所●株式会社暁印刷
製本所●本間製本株式会社

表紙画●和田三造

ISBN 978-4-04-115454-0　C0193

◇◇◇

角川文庫発刊に際して

角川源義

第二次世界大戦の敗北は、軍事力の敗北であった以上に、私たちの若い文化力の敗退であった。私たちの文化が戦争に対して如何に無力であり、単なるあだ花に過ぎなかったかを、私たちは身を以て体験し痛感した。西洋近代文化の摂取にとって、明治以後八十年の歳月は決して短かすぎたとは言えない。にもかかわらず、近代文化の伝統を確立し、自由な批判と柔軟な良識に富む文化層として自らを形成することに私たちは失敗して来た。そしてこれは、各層への文化の普及滲透を任務とする出版人の責任でもあった。

一九四五年以来、私たちは再び振出しに戻り、第一歩から踏み出すことを余儀なくされた。これは大きな不幸ではあるが、反面、これまでの混沌・未熟・歪曲の中にあった我が国の文化に秩序と確たる基礎を齎らすためには絶好の機会でもある。角川書店は、このような祖国の文化的危機にあたり、微力をも顧みず再建の礎石たるべき抱負と決意とをもって出発したが、ここに創立以来の念願を果すべく角川文庫を発刊する。これまで刊行されたあらゆる全集叢書文庫類の長所と短所とを検討し、古今東西の不朽の典籍を、良心的編集のもとに、廉価に、そして書架にふさわしい美本として、多くのひとびとに提供しようとする。しかし私たちは徒らに百科全書的な知識のジレッタントを作ることを目的とせず、あくまで祖国の文化に秩序と再建への道を示し、この文庫を角川書店の栄ある事業として、今後永久に継続発展せしめ、学芸と教養との殿堂として大成せんことを期したい。多くの読書子の愛情ある忠言と支持とによって、この希望と抱負とを完遂せしめられんことを願う。

一九四九年五月三日

角川文庫ベストセラー